阳光文库

复活的路遥

尚飞鹏——著

黄河出版传媒集团
阳光出版社

图书在版编目（CIP）数据

复活的路遥 / 尚飞鹏著. -- 银川：阳光出版社, 2023.12
（阳光文库）
ISBN 978-7-5525-7167-7

Ⅰ. ①复… Ⅱ. ①尚… Ⅲ. ①散文集－中国－当代 Ⅳ. ①I267

中国国家版本馆CIP数据核字(2023)第230963号

阳光文库　复活的路遥　　尚飞鹏　著

责任编辑　李少敏　申　佳
封面设计　晨　皓
责任印制　岳建宁

黄河出版传媒集团 阳光出版社 出版发行

出 版 人　薛文斌
地　　址　宁夏银川市北京东路139号出版大厦（750001）
网　　址　http：//www.ygchbs.com
网上书店　http：//shop129132959.taobao.com
电子信箱　yangguangchubanshe@163.com
邮购电话　0951-5047283
经　　销　全国新华书店
印刷装订　宁夏凤鸣彩印广告有限公司
印刷委托书号　（宁）0027831

开　　本　710 mm × 1000 mm　1/16
印　　张　13.75
字　　数　200千字
版　　次　2023年12月第1版
印　　次　2024年1月第1次印刷
书　　号　ISBN 978-7-5525-7167-7
定　　价　48.00元

序

享受孤独的人生

一般人认为，序是要请名人写，或者是请德高望重的长者写，一是为了提高书的知名度，二是为了更多的销量。我一直不相信这一套，想看你作品的人会千方百计找着看；不想看你作品的人，你把书放到他的眼皮底下他也不会看。所以，还是自己写省事，也少了很多麻烦。我想，路遥也会赞同我的做法。

路遥一生孤独，在别人不理解的情况下，坚持自己的理想信念，最后取得了成功。人生啊，要成就一番事业，必须孤独。要孤独就孤独到底，孤独到半途而废就前功尽弃了。我以为，能孤独到底的人，才是真正的孤独者，真正能成为文学大师的人。

文学事业是孤独者的事业，没有一个文学家的家里人来人往、车水马龙。如果一个作家整天迎来送往、宾朋满座，那就不是文学家了，离文学十万八千里，也许会变成商贾和政客。

这本书，是我把三十年来撰写的有关路遥的大文章和小文章聚集到一起的收获。为什么说大文章呢？因为有篇幅长的，比如八集纪录片《路遥》文学剧本就五万字。为什么说小文章？因为有的文章也就千余字，甚至几百字。

三十年来，这些文字很少在公开刊物上发表，我越来越变得不喜欢表现自己。让我感动的是，幸亏有神奇的文字，让那些不善言辞的人通过文字来表达自己的思想情感。我的这些文字，就是对路遥精神的歌唱，是一种艺术情感的迸发，是一种爱情的宣泄。对，爱情不只是男女之情，爱情是艺术生命的源泉。

路遥的小说《人生》《平凡的世界》影响了几代人，可以说他的作品是国家的宝贵财富。而《复活的路遥》是一部讲述路遥奋斗精神的文学作品，艺术随笔、散文或者具有理论倾向的论文。它用文学的方式，对路遥在不同时期，从生活到创作再到精神世界全面反映。

通过叙述、反映路遥在人生各个阶段、各个时期的生活和创作情况，完整地展现了路遥在小说创作中的创造性才能以及创作过程中顽强的奋斗精神和生命意识，体现路遥在精神复活的路上所反映出来的意义和价值。具体分析路遥精神的细节和产生的影响，再现他的作品在过去、现在、未来的发展方向，扩大更广泛的人文精神和思想意识，使路遥精神成为中华民族文化的一部分，成为中国文学史上传承的榜样。

英年早逝的路遥，他的生活和创作状态以及人生像谜一样吸引着读者。《复活的路遥》这本书是一部具有丰富内涵的著作，该书“三十年磨一剑”，是路遥研究者与文学爱好者不可不读的作品。全书由四部分组成，从不同的角度，体现了路遥在平凡的世界创造出的非凡人生。书中的每一辑、每一篇都是核心部分。

目录

第一辑 | 复活的路遥

第二辑 | 路遥的人生

第三辑 | 我给路遥说

第四辑 | 灵魂的雕塑

第一辑 复活的路遥

DIYIJI
FUHUODE
LUYAO

民歌的路遥

那是 1989 年 7 月 11 日，我只身一人去壶口看瀑布。在那里与路遥巧遇，才有幸听路遥唱陕北民歌。其情其景，至今还深深地印在我脑子里，那是一种享受，也是一种痛苦，甚至是折磨……记得那天天气十分好，没有云彩，也没有风，只有太阳孤零零地挂在天空，好像要掉下来似的。在路遥他们来之前，整个黄河滩上就我一个人。一个人面对一条大河，感觉自己渺小得像一只蚂蚁。我有些恐惧，这是人面对大自然很脆弱的另一种表现。老远，我就看见几个人从河畔上走下来了。我很高兴，因为他们不管是谁，都能成为我战胜恐惧的帮手。他们慢慢走近了，我首先认出了路遥。路遥也很惊奇，能在这里相遇实在是不容易。我和路遥的手紧紧握在一起。从壶口返回宜君的路上，路遥首先唱起了陕北民歌，他的声音并不大，但又粗又厚。这雄壮而有力的旋律开始蔓延，像天空上的乌云，像大地深处的煤。那声音从车窗飞出去，在黄河两岸的群山中回响。他唱道："青天蓝天老蓝天，杀人的老天不眨眼……"这悲伤凄凉的调子，使人突然感到背上发冷，从歌唱的声音和伤感的程度判断，路遥在流泪。车上的人都在静静地听着，倾听他心灵深处的忧伤。

我第一次听路遥唱民歌，被他那真诚而纯粹的心声打动，我从他的声音里听到一种沉重的责任感，这也许就是路遥小说里要表现的那种悲壮恢宏的气势。我感到他对陕北民歌的理解是如此深刻，把一个中华民族的苦难史唱了出来。路遥还唱了《赶牲灵》《兰花花》《三套车》《莫斯科郊外的晚上》等歌曲，之后，不知不觉中，车子开进了宜君县招待所的大院。路遥是地地道道的农民的儿子，从小生长在陕北，浸泡在陕北民歌的海洋之中，可以说，陕北民歌是一直埋藏在他心里的音乐，是他后来文学创作和艺术修养最基本的因素之一。他的体内流淌着陕北民歌的血液，使他的艺术创造从民族化的创作手法发展到具有交响性的创作手法。这是路遥创作中一个最伟大的飞跃，最震撼人心的哲学思考，那些思想和结构就是来自陕北民歌，来自音乐抽象的智慧和无限的感染力。路遥离开我们已经一年了，而路遥的声音还留在我的记忆里。路遥，我已经听到黄土地的深处不灭的灵魂响起另一种动人的绝唱。

1993年12月于西安

英雄的路遥

从认识路遥到他不幸离去，从 1983 年到 1992 年，在有数的几次交往中，他那种特殊的气质影响了我。路遥给我的第一个感觉是很有力量的、具有英雄风度的以及饱满的政治热情和艺术感染力。通过作品，还可以看到路遥五彩缤纷的情感世界和精神世界。路遥深刻、内在，背负着沉重的民族苦难史，这使他拥有最广泛的思想性。路遥喜欢构筑气势恢宏的作品，这是由他的英雄主义思想决定的。路遥的一生，可以说是在两个幻觉之中度过的，一个是艺术创造的幻觉，一个是哲学思考的幻觉。一口气读完《早晨从中午开始》以后，我对路遥有了更深刻的理解。他的创作就像在战场上，他是自己的士兵，他攻下了一个个碉堡，占领了很多高地，他必须无条件地服从自己，他只能胜利。这是一种自我虐待，自我虐待是非常残酷的。然而，路遥的创作过程确实如此。《早晨从中午开始》已经超过了创作它的本来意义。在我看来，它本身就是一部优秀的中篇小说，它的意义就在于它反映了人与命运、与落后贫穷的抗争。在寻求光明和真理的过程中，体现人的最纯粹的本质，放射出人类思想的闪光。这本书是路遥文学创作内涵的全面展示，是路遥的精神所在。路遥的作品及其精神，对现实社会具有强烈的影响，这是因为他无法摆脱现实生活而超越现实，所以他似乎总是在生活的旋涡里打转，总是在黄土高原上滚爬。他的生活经历和长期形成的世界观决定了他的创作内容和风格，这也正是我要说的。路遥塑造的主要人物，也和他自己一样，苦苦挣扎在生命的边缘。这些具有现代英雄气质的形象，是路遥作品中一个突出的特点。路遥是地道的农家子弟，他无法摆脱肩负的责任感和心理负担，他承受了贫穷和饥饿的压迫。这种压迫常常使他喘不过气来，使他陷入忧虑，处于困境。可以说，路遥虽然身居都市，但十多年来，他并没有真正走进这座城市，他仿佛试过多次，但始终没有成功。他的心一直在这片贫穷又充满活力的热土之上。于是，路遥的作品总是在城市和乡村之间的矛盾和冲突中展开。路遥希望陕北能在一夜之间富强起来，在与他的多次交谈中，他常常提及这个问题。这正是路遥小说创作的出发点和终点、梦想与现实。

似乎只有通过艺术作品，才能使他的思想具有张力，才能使他的思想放射出强大的光芒。路遥的作品绝对不只代表了他个人的生命价值，而是代表了几代农民对美好生活的向往。他的行为证明他是以自我牺牲为代价，唤起更多人对生命的热爱。他个人的英雄主义气质，给这个时代增添了强烈的悲剧色彩。所以我一直认为，路遥是人民的作家，是精神的榜样，是时代的英雄。

1993 年 1 月于西安

坚持有尊严地活着

让我代表优秀奖的作者说几句话，多少还是有一些兴奋，第一次在颁奖典礼上发表获奖感言。我在想，这是一个奇特的舞台，可以成就一个人，也可以毁掉一个人。

我的文学创作有三十多年了，主要以诗歌为主。是什么力量能够支撑我走到今天？我一直在思考这个问题。应该说，在多年的艺术实践中，我感受到了文学的力量。文学的力量在每一个特定的时代，都能起到积极而有效的作用，文学已经在整个人类发展史中占有非常重要的位置。

我一直认为，作家必须有悲悯之心、善良之心、仁爱之心，作家应该与人类的苦难和世界上一切悲欢离合的情感保持密切的联系。

严格地讲，这个奖不是颁发给我的，是颁发给路遥先生的，是路遥写作的成功，是路遥精神的胜利。我认为路遥的精神，就是他的写作始终站在最底层人的一边，把自己比作田野里劳作的农夫，一天不耕种就没有饭吃，站在黄土地上，成为黄土地忠诚的儿子。而我是被路遥精神感召和启示的人，所以我珍惜每一寸光阴，我相信任何荣誉只能代表现在，代表不了未来。而未来需要继续创造，才能在新的起点上提升自己，实现新的目标与期盼，它的价值和意义就在于此。

我在《路遥》纪录片创作体会中写道：“如果路遥的作品放在现在的社会环境下评选，未必就获得茅盾文学奖。”我的担忧是有道理的，因为现在的评奖有太多的变数，这也是我完全对现实失去信心的一种姿态。现在看来，这种判断最起码不是绝对的，因为有了“石膏山杯”的存在，因为有了公正的评委们，证明了严肃、公平、透明的延伸与发扬光大。

在此我要感谢“石膏山杯”，感谢各位评委，是你们让路遥和他的作品以及作品中散发出来的精神，再一次回到广大的读者中去，让路遥精神永存。我作为一个诗人，坚持有尊严地活着，并且创作出让我以及读到我诗歌的人都能够感受到的诗意的存在，这就是我此生最大的理想。

谢谢大家！

2013 年 6 月 22 日于北京

怀念路遥

在路遥谢世十一周年之际，我们活着的人悼念他，因为他是一条好汉、一条陕北的好汉、一条中国的好汉。他是作家，他书写普通人的命运，并且把普通人崇高的思想和行为推到极致，所以他属于人民。路遥生前一直在追求真理，从来没有放弃，所以他太累了，所以他先我们而去。他的亲人和朋友，包括我们这些人，曾经抱怨他不会保护自己。我想说，路遥的悲哀是一个时代的悲哀。我们没有权利抱怨他，让他安息吧！对于一个真实的人，一个热爱生命的人来说，活着不是一个简单的状态，不能把生命轻易看成一条狗或者其他什么东西，人的存在一定是一种有意义的存在。人活着要有远大的理想，为实现某一个梦想而奋斗终生。路遥就是这样一个人，他为什么能写出那么好的作品？他为什么有强大的人格魅力？就是因为他是一个高尚的人、真实的人、勤奋的人、智慧的人，所以他才有比别人更多的思考与痛苦。追求真理是最美好的，同时也是最危险的，因为它将揭穿一切伪装，将事实的真相告白于天下。所以，追求真理的人，时刻都处在最危险的境地。我能理解路遥，一个农民的儿子，在四十二年里经受了多少苦难。路遥比我大五岁，我们接触并不多，在有限的几次见面交谈中，他都给我留下了深刻的印象。他的奋斗精神成为我坚持不懈追求的动力。2003年在榆林宾馆巧遇路遥的同胞兄弟王天乐、王天笑。王天乐对我说：“飞鹏，咱们在壶口相遇那次，我哥（路遥）在车上说什么了？”我说：“你们在车上，我在黄河滩里，当然不知道。”他说：“我们在车上，老远就看见有一个人在河滩里，但谁也看不清是谁，我哥望着车外说‘这个人不是普希金，就是莱蒙托夫’。”对我而言，这是一个伟大的预言。有时候人靠的是直觉，直觉是未知的，但往往是准确的。今天我们很多人在纪念路遥，并不是在走一个形式，而是要以他为榜样，继承和发扬他的平民意识、英雄主义的精神力量。我们站在他的墓前并不再悲痛，而是因为有他这样一位朋友和文学家而感到骄傲，他是中国文学史上的一座丰碑，他的作品将引领千千万万追求生命价值、追求正义的人不断攀登高峰，使有限的生命散发出无限的光辉。路遥离开我们整十一年，我们想过没有，这十一年的空白又有谁来填补？只有路遥走了，我们才知道，这是一个无限的缺憾！

2003年8月于西安

路遥精神

我和路遥的友谊、友情，是不断建立起来的。路遥生前，我们就是老乡关系，见面超不过十次，交谈也是有限的，通过接触能感受到他的魅力。真正的了解还是他去世以后。2008 年，一个偶然的机会，我撰写了八集纪录片《路遥》的文学剧本。纪录片先后在央视三套、央视九套、凤凰卫视播出。2011 年，我又撰写了路遥纪念馆讲解词。在这之前的 2004 年，我出版的《说话》中收入了写路遥的四篇文章，分别是《路遥，陕北在哭泣》《英雄的路遥》《民歌的路遥》和《怀念路遥》。

这些写作，必须再次阅读路遥的作品，尽管如此，可以说了解，也可以说不了解。因为一个伟大的作家，他的魅力是无穷的，只有不断地研究，才能显现出他的光芒，才能挖掘和发现更多的奥秘。

随着岁月的不断流逝，路遥越来越被更多的人喜欢。多少年来，我们清楚地看到，一些人不看好路遥，包括我们的一些文化主管部门也很少主动宣传他。可是路遥一直活在青年人的心中，因为路遥作品中积极向上的精神，激励了朝气蓬勃的年轻人。这应该是路遥和他的小说的价值所在。路遥的作品一再再版，成为中国阅读量最多的作家之一。我简单地总结了一下，大概有以下几点原因。

第一，因为他有真善美的品格。

我一直认为真善美是我永远的老师，路遥不论是做人还是作文，都本着这个原则，他把自己心里的真善美通过小说的形式向我们呈现出来，即使这个世界或者社会有很多阴暗面，可是他以现实主义的创作手法，表现出追求人生自我价值与社会价值的共同理想。在他的作品中，表现真善美成了第一要素。真善美永远是人类的主旋律。

第二，平凡而伟大的奉献精神。

路遥对我说过：“一定不要小看吃过大苦的人。”我理解这个意思。就是吃过大苦的人懂人生，知道生命存在的艰难，就更容易有向上的力量，这一点路遥本身就是最好的体现。他还说过：“有奉献精神的人，死亡的概率大于没有奉献精神的人。”所以，奉献精神就是路遥的精神，不求回报的奉献，就是平凡而伟大的奉献精神。

第三，陕北精神。

路遥热爱陕北。我在多篇文章里看到他常常对别人说：“有时间咱们一起回陕北，我妈做的陕北饭好吃，坐在山上晒太阳，这个世界就是你的。”路遥对陕北的感情，是农民对土地的爱，是儿子对母亲的爱，是丈夫对妻子的爱，是游子对祖国的爱。

陕北精神，就是黄土地精神，黄土地精神就是中华精神。中华精神是什么？就是创新、继承传统的精神。

第四，人类意识的精神。

路遥是当代伟大的作家，原因只有一个：他写出了史诗般的作品。史诗不是文字上像诗歌的描述，而是具有人类意志的共性，人类的共性是友谊、友情、友善、友爱。只要有了这些最基本的情感，也是最本质的情感，人类才能一代一代地延续，才能使世界保持和平。路遥的小说正是表达了这种情感，才得到了大多数人民的赞扬和喜爱。

第五，批判精神。

路遥的《平凡的世界》，只要你仔细地看，看后再认真地思考，就会发现，它是一部悲剧小说。悲剧的发生，除了个人的原因之外，还有社会原因，人与人的矛盾冲突、人与社会的矛盾冲突以及贫富的冲突、分配不公的冲突等问题。世界名著大多数是悲剧，因为只有这种批判意识，才能让每一代人及时地反思，不至于过早地让人类毁灭。批判精神和批判意识是一种不以人的意志为转移的精神，这一代欠下的，下一代还。如果连续几代人没有反思，它也会抓住时机算总账。作为一个作家，路遥做到了。任何一个伟大的作家，一定不会与他所处的时代妥协。他既是作家又是战士，路遥就是这样的人。

陕北在哭泣

要做一个好瓶子，必须首先忘掉破碎。

——《唢呐独奏》

1992 年 11 月 17 日，凡是读过路遥作品的人，谁也不愿意提及这个令人悲痛的日子。

当一颗巨星闪烁着最后的光芒消失在茫茫夜空，我感到整个世界失去了平衡。高山沉默，时间凝固，老天在哭泣，无定河在哭泣，陕北在哭泣。

现在，我们只能在回忆中，寻找与路遥同在的身影。

第一次见路遥，是在榆林地委会议室听他作报告。我只记住其中很精彩的一句：“短篇小说的创作一开头就要想到结尾。”我虽然不写小说，但这句话就像刻在了我脑子里，永远不会忘记。第二次见路遥是在榆林宾馆，他来写《平凡的世界》第三部。应榆林文学界的邀请，路遥讲了《平凡的世界》的创作过程。他讲得很感人，很生动。他说：“写一百万字的长篇小说，除了要阅读很多大师的名著外，还要参阅与小说直接有关或间接有关的甚至无关的其他读物，扩大和丰富自己的视野。心理准备就更重要了，直接决定写下去或者写不下去的成败。从小说的总体布局上讲，如果第一部就沉不住气，把不该写的也写进去了，那么第二部、第三部就没法写下去。”路遥当时有病，医生不让他多说话，但他不愿意伤害故乡人的情谊，带病把自己创作的真实感受和体会讲出来，可见他是多么热爱家乡，多么希望家乡能出更多的人才。

路遥的创作思想和奋斗精神影响着我的创作和发展。可以说，路遥是我精神世界的榜样。路遥说过：“写作就像下地狱，有时看见稿纸就有一种恐惧感，只有用绳子把自己捆在椅子上才能写作。”路遥不管对创作还是对社会的认识，总是有自己独到的见解，比如，文学界的人都在写长篇小说的时候，他却在写短篇；都在写短篇的时候，他却在写长篇。用路遥自己的话说：“我绝不凑红火，绝不和别人挤在一起。”

和路遥交谈是一种享受，自由自在，但绝对不轻松，他一口地道的陕北方言里，包含了很多深刻的哲理。他有时也开个玩笑，逗得人们哄堂大笑，有时妙语连珠，令满堂生辉。不管和他谈什么，都会使你得到益处、受到启迪。路遥最反对虚伪，最反感夸夸其谈。朴实、真诚、善良、坚强、忍耐是路遥的本色。用他自己的话说：“行动就是哲学。”他土生土长在陕北，每年大部分时间都泡在陕北的农村体验生活。可见，他创作态度的严肃认真。他曾多次对我说：“还是咱们那里好，冬天坐在山里的阳坡坡上，太阳晒在身上暖烘烘的，再吼上几声信天游，感觉整个世界就属于自己了。而都市吵吵闹闹，走在街上淹没在人群之中，就没你自己了。”

早在路遥以《人生》一举成名以后，我为他写过一首题为《致路遥》的诗，因为创作缘起于路遥，所以把全诗摘抄如下：

第一次造山运动
挺立在黄河汹涌的臂弯
同月亮一起升高
又跃上太阳穿刺重围的黎明
终于　你再也不会倒下

陕北民歌飘逸豪放的任性
交响乐朦胧而抽象的内涵
母亲的呼唤和幼儿的泪眼
饥饿的乡童和补丁满身的老农

沉思敏捷
久久地凝视　天地之间
河流与森林之间　山川之间
眼睛与心灵之间　一万次默默地呼号

蚯蚓不停地蠕动着
愉快地死去又痛苦地复活
创造弯弯曲曲的历史
永生的天才　在没有道路的道路上
走向没有终点的终点

1992 年 9 月 17 日，我正在西安出差，听到路遥住院的消息后就去医院看望他。

那是一个雨天，我在四医大传染科见到了路遥。他躺在病床上输液，脸色发黄而没有了往日的光泽。我走近床，与路遥的手紧紧相握。路遥说："不要握，当心传染上。"停顿了一下，他又接着说："不要紧，传染不上。"他还对我说，给他治疗的大夫是西北最好的传染科专家，他一定会站起来的。

一向喜欢听交响乐、爱唱民歌的路遥，在病情稍有好转的时候，首先想到的是音乐。他托我们帮他找贝多芬《第一交响曲》到《第九交响曲》、柴可夫斯基的《悲怆交响曲》、约翰·施特劳斯的曲子和山西梆子的磁带。我感到精神轻松了一些，病房里的空间也充满了活力。路遥的情绪很好，很想与我交谈，但是我怕他太累，就起身与他告辞。

翌日，我们冒雨骑车将贝多芬的《第九交响曲》《第五交响曲》《第六交响曲》和一盘山西梆子磁带给他送去。遗憾的是医院的铁栅栏门锁着，我们只能将磁带从铁栅栏外递给路遥的五弟……

真没想到，1992 年 9 月 17 日竟是我和他最后一次见面。不！真实的路遥和我们永远同在！他的著作将随着岁月的流逝而放射出更加灿烂的光芒！

1992 年 12 月于陕北

为青春奋斗

当我们捧起长篇小说《平凡的世界》或者中篇小说《人生》《在困难的日子里》的时候，我们就会想起它的作者路遥。

路遥生于清涧县石嘴驿镇王家堡村一个农民的家庭。由于家里贫困，七岁时过继给了大伯家。贫穷造就了路遥一生的顽强、一生的傲骨，他从来都不向困难妥协。

路遥说："生活就是无休止的奋斗。""要像牛一样劳动，像土地一样奉献。"

路遥笔下的人物，几乎都是奋斗者。高加林、孙少平都是这样的人，这是因为他自己就是一个奋斗者。路遥说："具有献身精神的人死的概率比较大一些，像田晓霞这些人。"

路遥是农民的儿子，他个人的经历就是奋斗者一生的经历，所以他最能理解底层人的情感世界，所以才能写出底层人的悲欢离合、爱恨情仇、酸甜苦辣，写出了伟大的作品《平凡的世界》。

路遥说："如果一个人，不是通过自己的劳动获得的财富，你可能是幸运的，但不可能是幸福的。"

路遥的精神是什么？当我们打开他的著作《早晨从中午开始》，

就会发现，那是一部更像自传体的小说，记录了他一生的创作，也记录了他一生的奋斗史。

路遥是孤独的，没有一个创造者不是孤独的，没有一个奋斗者不是孤独的。创造也是快乐的，当他塑造了一个个有血有肉的人物形象，作品成功之时就是他的快乐之日。

路遥的成就永远比我们想象得更深刻。路遥是陕北的，是中国的，也是世界的，是所有奋斗者的精神食粮。

路遥在创作《平凡的世界》准备阶段，阅读了近一百部中外名著，翻阅了近十年的报纸，为了在小说中更准确地把握中国社会的走向，从政治、经济、文化、生产等方面全景式地反映时代背景，他的努力使作品更加广阔。路遥用生命书写了生命的价值。可以说，哪里有奋斗，哪里就有牺牲。

路遥在世时曾多次拜谒黄河。他独自坐在黄河壶口喧嚣的岸边，黄河给了他汹涌的波涛。黄河，就是中华民族五千年的奋斗史，也是路遥奋斗的精神支柱。

路遥在他所有的作品描述中，表现出非凡的精神力量。他的生命是短暂的，就像海明威、叶赛宁、莫扎特、贝多芬一样，为人类创造出永恒的精神财富。他是具有诗性光芒的作家，他的作品会激活更多青年读者的创造力。

路遥说："我认为所谓理想，首先包含一种崇高的性质，不仅包含着达到个人的某种目的，更重要的是意味着要做出某种牺牲和奉献。"

路遥给大学生讲演时说："你们通过自己的努力上了大学，证明了自己的能力，跨越了第一步，这值得骄傲，但是这不够，今后走向生活、走向社会、走向未来，应该有更大的作为，你们现在就应该做好准备。我的作品中主要人物都是青年，我主观上也是着力塑造好青年形象，对青年问题关怀，我相信一代比一代强。作为我们这一代人，作为我个人，我曾经在好多场合说过，每一代青年的主要使命就是战胜前人。”

路遥的努力，终于到了收获，1991 年 3 月 10 日，《人民日报》刊发消息，报道路遥的长篇小说《平凡的世界》荣获第三届茅盾文学奖。

路遥精神，正一步一步走向另一个终点，走向梦想的精神家园，走向世界文学史的殿堂。

路遥离开我们二十八年了。为什么他的作品，几十年来，读者阅读量和购买量一直名列榜首？就是因为他书写的是劳动人民。

当我们阅读路遥作品的时候，路遥就复活了。路遥的作品是路遥生命的一部分，路遥并没有死，他活在自己的作品之中，活在读者的心里。

路遥写出了在人类历史进程中，反映一个时期的具有诗意境界的艺术作品，它就是史诗性的杰作，它就是不朽。

正像路遥所说的那样：“作家的劳动绝不仅是为了取悦于当代，更重要的是给历史一个深厚的交代。如果为微小的收获而沾沾自喜，本身就是一种无价值的表现。最渺小的作家常常关注成绩和荣耀，最伟大的作家常沉浸于创造和劳动。劳动本身就是人生的目标。”

路遥书写青春的奋斗者，他自己就是奋斗者。奋斗者是时代的先锋，不管是什么样的时代，都需要奋斗者，奋斗者在任何一个时代都是英雄。

复活的路遥

一到五一劳动节，我就会想起路遥说的“像牛一样劳动，像土地一样奉献”。对于路遥，这句话不仅仅是一个警句，更是身体力行实践者的座右铭。五一之后，紧接着就是五四青年节，青年是一个国家的象征，青年是开创性的年龄，是朝霞旭日的澎湃。路遥是青年的代表，他唯一一次对大学生的演讲，讲了青年立志的思想，并对他们寄予了很高的希望。

他在《平凡的世界》里这样写道：“其实我们每一个人的生活都是一个世界，即使最平凡的人，也要为他生活的那个世界而奋斗。”路遥已经离开我们三十年了，他没有能够活到他应该活的年龄，这使我们很多人痛心。当我们想通了以后，这个并不重要，因为路遥肉体的逝去转换成了精神的永存。在我们这些活着的人身上，传承了他未了的事业。从这个意义来看，路遥没有死，他的思想在读者身上复活了，他们继续为路遥活着，这就是复活的路遥。

路遥这个人生活很简单，路遥创作的小说，从思想的一致性来看，也是很简单的。基本内容是写普通人的命运，或者一群普通人的命运，想改变自己的生活环境，为此而奋斗的一生，这个方向是一致的。路遥本人的努力及其他的所有小说，就是在不断地围绕着这个主题不断地展开。而不同的是，在不同的小说里，改变的是不同的人物、不同的生活场景、不同的事件中的不同的矛盾冲突和人物个性以及不同的人物所采用的不同的叙述方式。

路遥从平凡到成功，从非凡到不朽，从死亡到复活，经历了怎样漫长的路程，是常人无法理解的。他的人生道路告诉我们，他选择的是一条向死而生的路，路遥的经历证明了这一点。

凡是圣人，大多数都是以死亡为代价的，以此来唤醒沉睡的民众，可是，几千年的事实已经证明，不管有多少圣贤出现，他们的思想散发出多么耀眼的光芒，总是收效甚微。尽管如此，在这条复兴的路上，探索者从来没有停止过脚步，不仅仅有奋勇向前的探索者，还有探险者、牺牲者，他们作为我们的榜样和先驱，永远站在队伍的前排。路遥就是这些人中的一位，这已经值得我们自豪和光荣。

这些世世代代的平凡人，因为脚踏实地地做事，把一件事做到极致，因此他们成了英雄人物，他们从来不唱高调，不夸夸其谈，轩辕帝没有，老子没有，孔子没有，所有的先哲都没有，耶稣没有，释迦牟尼没有，苏格拉底也没有。一切为人类的进步做出贡献的人，从来都不唱高调，他们用自己的生命发明创造，包括各个领域的科学家、艺术家、文学家，都是我们崇拜的对象。

三十年来，路遥的书依然畅销，这个事实让很多人头痛，其中有的人千方百计诋毁路遥的成就，什么“没有文学性”“不够现代”……情况比较复杂，但是嫉妒心在作怪是原因之一。我的观点是，别相信他们的鬼话。当然，个人的偏好和学术上的正常研讨排除在外。

有的人认为："凭什么一个（路遥）农民的儿子，作品会有如此大的魅力？"我一直也在思考这个问题，凭什么？凭那么多的平民百姓、工人学生、创业者的喜欢，凭路遥笔下人物的奋斗精神写到奋斗者的心里去了。总的来说，是平凡的世界里平凡的人喜欢路遥。这些人在最艰难的时候，看了路遥的小说，受到了启发和鼓舞，才坚持下来，最后取得了成功，改变了命运。大多数圣贤如此，路遥也是如此，他不考虑自己的得失，为一个理想、为一个梦而生活，他的一生就是这样度过的。正因如此，他的作品才能流传下来，作品就摆在那里，成为大家的榜样。谁也改变不了他的作品对读者的吸引力，他成了文学界铁打的江山，世世代代传颂下去。

路遥作品的复活过程，就等于路遥的复活过程，只要有人阅读他的作品，他就在不断地复活，他与新的读者不断交流，就会生出新的生命，新的生命又传递给下一代，这就是传承，久而久之，这些作品也就成了传统文化的遗产，如中国的四大名著以及《道德经》《易经》《论语》《诗经》一样。从这个意义上讲，这些圣贤虽然肉体不存在了，但他们的精神还在，只要阅读他们的作品，他们的精神就复活了。

路遥去世三十年了，路遥的复活之路在这三十年里走得如此艰难，我是亲历者。早在 2008 年，由路遥的胞弟王天笑（九娃）发起的路遥研究会，为了给路遥拍摄一部八集纪录片四处筹集资金，多亏了一些民间组织和喜欢路遥作品的个人投资，成就了八集纪录片《路遥》。

路遥的作品能够长期保持较高的阅读量，除了他作品本身的魅力之外，还得益于路遥的读者群产生的巨大的影响，才能保持持续不断的领先地位。从历史上看，造神的永远是人民。人民选择了路遥的作品，这说明他的作品具有广泛的人民性，这就是最好的例证。对路遥的认可，应该是读者的功劳，这一点儿都不夸张，如果没有读者的支持，路遥不会复活。

《复活的路遥》这本书不是我生命中要写的书，因为有了路遥，才有了这本书。这本书也不是我要出版的书，是路遥去世后，我在这三十年漫长的岁月里积累起来的作品，没有有意写作，都是机缘巧合产生的作品。所以，它既有传记的叙述，又有理论的阐释，也有思想的剖析。它不是计划中的写作，它是我心里流出来的独白，就像我的诗歌作品一样，是自然的迸发，就像我这个人一样，从来不规划、不设计，自然而然地生存，就是我的一生。

所以这本书也没有规划，它是上苍给我的，给路遥的，给社会的一个礼物，是太阳的一束光、月亮的一束花。它自然得不像一部书，倒像是一棵大树，一声叹息，或者爽朗地大笑，或者一声怒吼。路遥啊，你是我精神的花园。

复活不是还原，是通过阅读将原有的生命体复活后，在新的生命中产生新的元素。复活是对绝对真理的使用，使之对现实产生作用，所有的真理都是在历史原有的真理上积累新的能量，通过新的阅读呈现新的生命。

2022 年 5 月 20 日

第二辑 路遥的人生

DIERJI
LUYAODE
RENSHENG

黄　土①

本集提示：路遥出生到离开王家堡的童年时期，展开叙述路遥的出生地——陕北。

陕北的地域文化、民间艺术、民间风俗的体现，包括具体与路遥生命和生存有关的渊源，以及黄河、无定河、王家堡和郭家沟的小河。山川、地貌、剪纸、腰鼓、民歌、民谣、谚语等具有历史和现实意义的人文精神。

采访对象：路遥的家人、父母，黄土文化专家，陕北艺术家。

1949年10月1日，对于中华民族每一个人来说都是重要的。这一天，中国向全世界庄严宣告，中国人民从此站起来了，这是一个历史性的伟大时刻。

就在这一年的12月3日，路遥出生于陕西省清涧县石嘴驿镇王家堡村的一户农民家庭，父亲给他起了个乳名叫卫儿。

路遥的出生地陕北是一块贫瘠而广阔的土地，也是黄土高原

---

①本辑八篇文章为八集纪录片《路遥》文学剧本。

的腹地，自古就是兵家必争之地，北靠内蒙古，西接宁夏，向南是八百里秦川的关中大地，东临黄河，与隔岸的山西省遥遥相望。

陕北在历史上属各民族杂居区域，在这块不足一千平方公里的大地上，创造了很多奇迹，黄帝陵就坐落在这块土地上，明朝农民起义领袖李自成是陕北大地的骄傲，蒙古族的英雄成吉思汗对这块土地的影响也十分大。

路遥在读小学前一直是没有名字的，直到1958年上四年制小学一年级时，才起名为王卫国，含保家卫国之意。卫儿才有了一个正式的名字。

路遥这个名字是他开始写作，立志成为一个作家的时候起的笔名。当然是“路遥知马力”的路遥。谁也没有想到，这个名字在三十多年后会成为中国文学史上一个响亮而流传久远的符号。

路遥是家中的长子，他的父母先后生了八个子女，路遥在王家堡村生活到1957年的冬天，度过了他苦难的童年。

在陕北的广大农村，一般只记农历，而农历恰恰又体现了农耕文明的精神命脉。它的计算方式与农事有关，与二十四节气有关，是几千年来一直不可动摇的传统，它已经成为一种传统文化的象征。陕北的民俗活动都随着农历和节气展开，也许剔除了农历对时间的计算方式，农耕文化的根系就会彻底消失。

路遥的出生和他的整个命运与这些又有什么关联呢？

一个在农村出生的人，一个从土地出发的人，一个在大山里长大成人的人，不管他走到哪里，成就了多么大的事业，他都与出生地有关，永远不会忘记土地，就是在梦里，也会怀抱着大山，脚踩着土地……

不背叛土地就是不背叛生命，黄土地对于路遥而言，就是一生的所有。

路遥说：“在人山人海的大都市穿行，我感到一种生命的压抑，自我渺小到极限。而只要仰卧在黄土高原的群山之间，或者在沙窝子里行走，才能有一种完整的思考，好像整个世界就是你的了。”

我们不完全把这段话看成路遥对城市化、对人性异化的批判，但至少也是对人类脱离大自然的一个警示。

路遥从来都是一个勇敢的斗士，尽管他的一生基本上处在贫困线上，但他的精神生活极其富有……

可以说，路遥一直都憎恨贫困和落后，他一生的努力，就是为了摆脱这种处境，并且呼吁所有的农村青年建立新的人生观，开创属于自己的人生。为此，路遥献出了毕生的精力。

三十年以后，路遥因中篇小说《惊心动魄的一幕》《人生》等重要作品一举成名，一时间读者的来信像雪片一样飞向他居住的那个陕西省作协的小窝里。或者他料想到了，或者他没有料想到，但这些并不重要，重要的是路遥怎样看待这些问题，一时成了焦点。

路遥完全可以沾沾自喜，他也有资本夸夸其谈，傲气十足地接受来自四面八方的赞誉。在现实生活中，在我们的身边，到处可以看到这样所谓的作家。而路遥没有选择这样的生活方式，他选择了继续创作。

土地给了我们一切，包括生命的终极想象。憎恨贫困和落后与热爱故乡和土地并不矛盾，路遥常常因为家乡不能尽快富裕起来而唉声叹气，这叹息仿佛大山一样沉重。

有一条河在陕北的土地上穿行，有的老乡叫它老河，有的老乡叫它大河，有的老乡叫它老爷河。那是一条什么样的河？

它就是黄河，黄河在陕北高原穿行，使陕北的天地充满活力，有一条黄河的陕北和没有一条黄河的陕北是不一样的。几千年来，哪怕是洪灾不断，也会给寂寞的陕北带来意外的快乐与惊喜。

有黄河在，陕北就是活泛的、跳跃的、有生命力的，它带给陕北无限的开阔与大气。它是陕北大地上一部永恒的大书，这片土地上的人民多少年来阅读着它起伏不定的波涛长大，从出生到死亡，它陪伴了一代又一代在苦难中创造快乐的陕北人走完生命的最后一刻。

有一首陕北民歌叫《黄河船夫曲》在陕北地区广为流传。

路遥生平酷爱民歌，他仿佛就是这船上的船夫，在黄河上行船，水流急，风浪大，他就这样漂泊、颠簸，一次又一次地拼搏。

人的生存状态决定艺术的表现力与内涵。在陕北，一条横穿黄土高原的黄河以及本地水系的无定河、洛河，它们构成了陕北大地最重要的流动话语，是活生生的自然生命与人类生命直接交流和沟通的活化石。这几条黄色的河流成为陕北人生命的基本底色，成为蓝天白云辽阔无边的呼应。

工业文明出现之前，中原的农耕文明繁荣，使北方之北的蒙古游牧民族长期进犯中原。

农耕与游牧的文明冲突，使古代的陕北长期处于战争，给陕北人的个性里也注入了豪爽大气，路遥坚强忍耐的性格里就有这一面。他的串脸胡以及不屈不挠的英雄气概说明了一切。

在没有实行计划生育时，陕北村子里一般每家都有六七个孩子。天暖了，各家的孩子出去玩耍，五六岁的、七八岁的，男男女女混在一块，所有的孩子都一丝不挂，在一块玩耍没有任何害臊的感觉。路遥上学了，他的小伙伴们还在农村，他们大部分连上学的机会都没有。即使出类拔萃的路遥上了学，在学校里也总是感到矮人一等。城里的孩子穿得好，很干净。从学校回来，路遥和这一群农村的孩子在一起，就好像回到自己的领域、自己的世界一样，觉得特别痛快。

陕北的天气是多变的，春天很短，不断有沙尘暴袭来，夏天又酷热、干燥，使它有“早穿皮袄午穿纱，围着火炉吃西瓜”之说。秋天是陕北的好季节，深秋是迷人的，草木主要在深秋生长，郁郁葱葱，展现着它的魅力，也是心情最为舒展和敞开的时间，但刚刚收获就投入到初冬的怀抱。

陕北的冬天，一切都裸露着，像一个少女的胴体。路遥最爱冬天，爱这种坦诚的裸露与大气。路遥爱大自然，更爱陕北的一草一木，即使贫穷也是最好的，正是因为贫穷，它才与母亲一样温柔、父亲一样威严的山紧密相连，命运依从，心心相印。

陕北是中华文明的发祥地之一。当一个民族的心灵遭受重创的时候，我们的命运就失去了重心，一个没有或者说丧失了哲学根基的人，再也不能有任何闪失。路遥思考的，路遥创作的小说正在继承并瓦解这个具有五千年历史的传统。他在建立一种什么样的人生观，更值得我们研究。

城市和乡村的结合，路遥对苦难的抗争并不是他一个人的抗争，而是整个土地上的劳动人民对贫穷的抗争。

对土地又亲又恨的矛盾纠葛，是这块土地上祖祖辈辈人民的生命本质。在这种矛盾中抗争的结果是越斗越亲、越斗越爱，结果是永远的不肯舍弃，永远的依恋。据有关资料，联合国教科文组织调查团在对陕北以及黄土高原地区考察之后得出的结论是，这里是一块不适合人类居住的地方。虽然如此，这里的人们绝对不会放弃这片土地，虽然苦难深重，但这是我们一群人唯一的家园，这个家园开创了中华民族历史的第一篇章，我们不会放弃这一片古老的土地，永远不会！

答案是明确的，但必须有忧患意识。在路遥的作品中，很多人物都在去留之间奋斗与徘徊，很多人物遭受着人为制造的苦难，而并非大自然的灾害。人类成了制造灾害的中心，我们应该防范人类自己，并不是贫瘠的土地，而每一寸土地，都应该有人来坚守，我们就是坚守黄土地的主人。

路遥每一次写作，都要回陕北体验生活。回到陕北，他就会有一种满足感，他就不会感到心慌，他大量的重要作品，几乎都是在陕北写作的。他离不开这块土地，更离不开这里的父老乡亲。多少年来，他一直这样，穿梭于西安和陕北，他一直在上路，一直在途中完成他的创作计划和城乡接合部的交汇与纠葛、矛盾与依恋。用一生的经历说城市与乡村的因缘，为此，他像一个媒婆，把腿都磨短了，把嘴都说破了，不就是为了让人与人、心与心之间相互谅解与沟通吗？不就是让所有的人都向善吗？不就是让所有的乡下人都过上像城里人一样快乐而幸福的生活吗？

质疑与反抗，在有关路遥的言谈和文字中并不多见，作为一个文学大家，应该在这方面有所表现。但是，由于路遥的个性以及他在政治方面的敏感嗅觉，会习惯性地抑制和消减这方面的表露。但在其作品的人物中，戏剧性地表现出他对现实的拒绝与批判，这在《人生》和《平凡的世界》等诸多作品都有所表现。他笔下的主要人物可以说从来就是边缘化的，他们不仅在现实生活中找不到位置，而且得不到最起码的温暖，大多数都远离主体文化、经济中心、政治中心。

在路遥的笔下，他的主人公几乎都是从农村走进城市，纯真的心灵在都市中挣扎和碰壁，爆发出激情和愤怒。从这些事件的描述中，我们终于看清路遥，一个现实主义作家用现代的手法书写生命状态真相的大手笔。

陕北是敞开的，从古到今经历了无数次战争和灾害的洗礼，接纳了多民族文化的融合。就是现在，我们在农村到处可以看到一个村落、一个农家的院子是没有围墙的，路遥就生长在这样四面敞开的大山里，狼、狐狸、野羊和兔子都有机会在人的居住地自由出入。这样的陕北很容易与大自然毫无阻隔地交流，与大山间的窑洞，与装在窑洞里的老百姓融为一体。虽然地处偏僻、远离大都市的陕西之北，但它心灵的自由是从来没有缺失过的。

这条创造了华夏文明的黄河中游，陕北在它的暴躁和洪水肆虐中成长，塑造了坚强、忍耐，生着、活着并且痛苦着的人，他们把灾难和快乐同时收获。陕北也是中国新文化运动的摇篮，它的史诗性和英雄气概在这块土地上表现得更加充分，刘志丹、李子洲、谢子长、柳青和路遥，都是一批优秀的陕北儿女。

黄河文化对陕北文化的影响与作用是不可估量的，其中造就心灵自由奔放是肯定的。一切创造都始于疯狂和沉思的融合，路遥那气吞山河的长篇巨作，不正是感受到这条河流的巨大声响和排天巨浪吗?

在我们的生活中，往往一个大自然的信息，会引发我们做出某种伟大的选择。路遥在每一次创作之前，都要回陕北，回他的老家，看父母，看山川，看黄河，看沙漠之舟在地球上不停地运动。

1989 年 7 月 11 日，一位诗人在黄河壶口瀑布与路遥巧遇，才有幸听到路遥唱陕北民歌。其情其景，至今还深深地印在诗人脑海里，那是一种享受，也是一种痛苦，甚至是折磨……

从壶口返回宜君的路上，路遥首先唱起了陕北民歌，他的声音并不大，但又粗又厚。这雄壮而有力的旋律开始蔓延，像天空上的乌云，像大地深处的煤。那声音从车窗飞出去，在黄河两岸的群山中回响。他唱道："青天蓝天老蓝天，杀人的老天不眨眼……"这悲伤凄凉的调子，使人突然感到背上发冷，从歌唱的声音和伤感的程度判断，路遥在流泪。车上的人都静静地听着，倾听他心灵深处的忧伤。

第一次听路遥唱民歌，被他那真诚而纯粹的心声打动，听到一种沉重的责任感，这也许就是路遥小说里要表现的那种悲壮恢宏的气势。他对陕北民歌的理解是如此深刻而内在，把中华民族的苦难都融进了他的声音里，路遥还唱了《赶牲灵》《兰花花》《三套车》《莫斯科郊外的晚上》等歌曲。

路遥是地地道道的农民的儿子，从小生长在陕北，浸泡在陕北民歌的海洋之中，可以说，陕北民歌是一直埋藏在他心里的音乐，是他后来文学创作和艺术修养最基本的因素之一。他的体内流淌着陕北民歌的血液，使他的艺术创造从民族化的创作手法发展到具有交响性的创作手法。这是路遥创作中一个最伟大的飞跃、最震撼人心的哲学思考，那些思想和结构就是来自陕北民歌，来自音乐抽象的智慧和无限的感染力。

那么这条汹涌的大河究竟给了路遥什么？什么原因使这位作家一次又一次地来拜谒这条开创了具有五千年历史的中华文明之河？路遥在黄河岸边独坐，手中的香烟缭绕，他在沉思什么？

路遥一直在反思和怀疑的基础上，逐渐形成自我强大的胸怀，不依赖任何既成的价值观和世界观而从事写作，在非名利的灵魂深处，自觉的、真实的、有创造性的书写者。

选择了善良就与邪恶终身为敌，选择了追求和探索，就选择了与堕落相对的真理和正义。路遥在陈家山写《平凡的世界》时，与矿工们一起下矿，一起劳动，像一个矿工一样体验矿工的艰苦生活。当他和矿工一起抬起那几百斤的大石时，谁能知道他正身患重病呢？路遥啊，始终保持着一个农家子弟的劳动本色。

陕北的春节是一个艺术的世界，扭秧歌、唱民歌、剪窗花、垒火塔塔、穿新衣服、吃好吃的食物。

陕北的春节就是一个狂欢节，腰鼓、唢呐、转九曲，所有的人把一年的能量尽可能地用欢乐的形式释放出来，只要锣鼓响起来，就神鬼乱了。什么是神鬼乱了？就是亲人与亲人之间乱了辈分，开玩笑也不会被责怪。

显然，不管是大河还是小河，最终的归宿都是流入大海，而最初影响路遥一生的河流，也许是他家门前流过的并不汹涌的小河。而第一次见到黄河的路遥，大概在他青年时代有了巨大的震撼。

任何青春相对于时间老人都是渺小而短暂的，关键是怎样度过这短暂的过程，也许结果在其次。

当地有一种风俗，谁家生了男孩儿，就在门外挂上一张桃木弓，那么路遥是家中的老大，这张弓一定是挂了。这种习俗是从尚武时代流传下来的，这张弓与路遥是否有一些必然的联系？后来的事实证明，他的弓变成了笔，笔起到了比箭更大的作用。他没有用弓箭像后羿一样射天上的太阳，而是用笔作为一种语言的武器，解释生命的意义和力量。

路遥热爱陕北、热爱土地、热爱祖国，但从来都不盲目。他笔下的人物以及人物的思想和行为，都是他理性思考的结果，就像他对我们这个民族文化的思考一样，有一个深思熟虑的过程。他说："我认为一个民族的成熟首先应该是文化方面的成熟，文化的成熟就是吸收全世界优秀的东西，在我们自己文化的这个基础上产生出一种新的更高层次的文化。如果试图割裂我们的传统文化，然后用外国的文化代替我们自己的文化，我认为这是不可能的，也是没有前途的，这是我的看法。但是我反对保守，反对认为我们的文化全部是金银，全部是祖传秘方，能包治百病。我们应该看到我们自己的文化中也存在着一些落后的已经不能被现实所接纳的东西。"

路遥的创作始终由生命的内部生发，关注农民最真实的劳动状态，他从来都没有停留在对苦难的表达上，而是超越了苦难的精神层面，他笔下的人物往往是处在最艰难的底层，且有着"精神贵族"般的诗意追求。这些人物一生的快乐，正在这种追求中展现得淋漓尽致。路遥是这样去做的，他从土地上出发……

饥　饿

本集提示：饥饿是中国农村长期存在的一个问题，大约20世纪90年代之前，一直都在解决温饱问题，陕北又是靠天吃饭，常常处于灾年。幼小的路遥对饥饿的记忆尤为深刻，在他小学到初中的这一段时间，他不仅仅是胃对食物等待与渴望，心灵对文化知识也极度渴望。了解这块土地和这个世界，是路遥的另一种更为急迫的饥饿，是最重要的。

采访对象：当时的知情人、同学、同伴以及村里人，比如刘凤梅、海波、张涛。

路遥说："在这个时期，可以说农民一生中最大的理想就是吃饱肚子。现在我们看来，这是多么渺小的目标。但在当时，农民基于生存的愿望，就是希望能吃饱，对他们来说，这就是一生中最伟大的目标。就这样一个渺小的目标，大部分人、老一些的农民都没有实现，一生为了一口吃，而一生都没有满足这个愿望，随后就睡在黄土地里结束了自己的一生。"

1957年冬天，因家境贫寒，为了减轻生活负担，路遥的父亲决定将路遥过继给没有儿女的大哥，他们以为这样对路遥来说比在家里会好一些。当告知路遥他们的决定后，没想到小路遥一口答应了。

路遥认为在家里不好活，吃不饱，而且得不到任何保护，反正走到世界上的任何地方，大不了和在这个地方一样受罪。

也许，这次苦难的迁徙，会成为路遥第一次心灵内部的远征，征服和屈服同样重要，苦难如果用力恰当的话，会变成一种有益的动力。

路遥的大伯也是农民，也很穷，没有子女，他想收养路遥的真正目的是，将来老了有人伺候。苦难使路遥早熟，使一个小孩儿直接进入生活的核心。

但我们能够知道的就是，贫穷和饥饿还将继续，命运未卜。

海明威说："对一个作者来说，最好的早期教育，是他不愉快的童年。"路遥的童年何止是不愉快，根本就是苦难。苦难当然是所有贫困线上人民的生活。路遥的伟大之处，就是长大后将这一苦难表达出来，展示给我们。

大伯家勉强供路遥读完小学。在小学读书时，路遥没有穿过一条新裤子，有时屁股后边烂得简直不能见人，就不敢和别的孩子一起玩，怕被人看见。但总有一些调皮小子硬把路遥拉到人群中，让他出丑，他就是在这样一种无比屈辱的环境中度过了童年。

饥荒，对于陕北而言，是一个既熟悉又恐惧的词。长期以来，它一直是中国百姓的大敌。不要说因为连年征战，古代有"朱门酒肉臭，路有冻死骨"的惨烈景象，就是在近代中国，也有1929年的大饥荒。那次饥荒使多少民众家破人亡、流离失所。逃荒的灾民扶老携幼、成群结队，饥民遍野啊！

最近的一次饥荒要数20世纪60年代了，称为三年困难时期。其实包括“文化大革命”时期中的很长一段时间，人民一直处在饥饿状态，仅仅是没有大面积的饿死而已，浮肿、断顿、因为饥饿而昏迷的现象普遍存在。

童年和青少年时期的路遥，就一直处在这样的困境之中。

路遥一直在这种贫穷的环境中生活和挣扎，到考中学的时候，伯父并不同意他考，因为这个家再供不起他上学了。让路遥下地劳动才是伯父的真实想法，也是现实的处境所迫。

路遥热爱学习，如果就这样结束他的求学生涯，他不甘心。于是，他向伯父提出能不能让自己试着去考一下，就是考上了也不上，还是回来劳动。路遥就是想证明自己不是没有能力上学，而是你们没有能力供我上学。

路遥的伯父同意了，结果路遥考上了中学，考上了就必须上这个学，踏进中学的大门，戴上县立中学的校徽是他当时的希望。当上山砍柴的路遥再也不能忍受这样活下去的时候，他终于把绳子、砍柴刀扔到沟里，跑到县城上学了。

在路遥的努力下，他实现了自己的第一个梦想，从此踏上了更加艰难的学习道路。中篇小说《在困难的日子里》几乎是路遥真实生活经历的再现。

1963年，路遥考入了延川县中学初中1966级乙班，离开郭家沟，到百里以外的县城读书，开始了他对饥饿更深层次的体验和恐惧。

听说路遥要到城里上学的消息之后，尽管全村人都饿得浮肿了，他们仍然把自己那点救命粮分出一升半碗来，几个老爷爷竟然把儿孙们孝敬他们的几个玉米面馍馍也颤巍巍地塞到了路遥的衣袋里。他忍不住在乡亲们面前放声大哭，他猛然间深切地懂得了，正是靠着这种伟大的爱，生活在如此贫瘠的土地上的人们，才一代一代延续到了现在，是他们教给了路遥负重的耐力和殉难的品格。

一个农民的儿子，终于踏进学校的大门了。

在县立中学，难道能带着野菜和树皮去学校的大灶上吗？路遥这样想着。家里的每顿饭，都只能在野菜汤里像撒调料一样撒上一点粮食，既然地里长不出来庄稼，也就不会有多少野菜，家里也就全凭一点当年喂猪喂剩的陈谷糠和一点榆树叶子维持生存。

这个班除了路遥，全都是干部子弟。饥肠辘辘不说，他那身农民的破烂衣服，在城里干部子弟看来，简直就像一个叫花子。

每次下了自习课，路遥饿得头晕目眩，忍不住咽着口水，而同桌偏偏拿出好吃的东西大嚼大咽起来，吃完后还有意打着响亮的饱嗝。

有一次别人偷吃了同桌的东西，竟然怀疑到路遥，因为在某些人看来，偷吃一个微不足道的玉米面馍馍，大概只有这种“饿死鬼”才干得出来。

有时候饿得实在不行了，路遥就在远郊的土地上疯狂地寻找着，酸枣、野菜、草根，一切嚼起来不苦的东西统统往肚子里吞咽。要是能碰巧找到几个野雀蛋，那对他来说，真像是从地里挖出宝贝一样。他拿树枝点一堆火，着急地把这些宝贝野雀蛋埋在火灰里，而往往又等不得熟就扒出来几口吞掉了。

饥饿经常使路遥一阵又一阵地眩晕，走路时东倒西歪，不时地用手扶一下什么东西才不至于栽倒。课间同学们都到教室外面活动，他不敢站起来，只能趴在桌子上休息一下，甚至觉得脑袋都成了一个沉重的负担。为了不使尊贵的脑袋在这个世界面前低垂下来，身上其他部位都在拼命挣扎着支撑它！

陕北地处黄土高原，属于干旱和半干旱地区，常年缺水少雨，靠天吃饭，有十年九旱之称，凡是在陕北出生的人，尤其是农村的孩子，感受更为深刻。哪一个人能逃脱那个难忘的苦水般的岁月呢，干旱和饥饿就像瘟疫一样，即使到后来摆脱了现实的饥饿，但饥饿的感觉长期在身体的记忆里被一次次唤醒，甚至终身携带。

路遥是与共和国同龄的人，恐怕20世纪五六十年代出生的人对饥饿都比较敏感。由于严重营养不良造成的发育不良，到了发育期也看不出明显的性别特征，直到应该婚嫁的时候才恍然大悟，便开始手忙脚乱地谈婚论嫁，并且匆匆结婚了事。

这一代人可以说除了战争没有经历过，其余的一切苦难都亲身体验了。路遥的小说为什么能有长久不衰的生命力？就是因为他表现了整整几代人的艰难生活和痛苦，而追求幸福生活更是每一代人无法放弃的目标和人生价值的体现。

贫困和饥饿使我们愚昧和落后，让别人牵着鼻子走，封闭让我们一无所知、一无所有，而让我们感到欣慰的是，路遥用他锋利的笔将饥饿的真实呈现在我们的眼前。阅读《在困难的日子里》就会了解那一段历史，它虽然表现的是一个学校的局部，而主人公代表了广大的农村，最底层人民生活的真相。

我们常常白天吃不到什么东西，可晚上只要一睡着，就梦见自己在大嚼大咽，对吃的东西已经产生了一种病态的欲望，甚至干扰得连课都上不下去了。路遥《在困难的日子里》描写马建强的这一段，既真实又极富艺术的想象力："在上数学课时，就不由得用数学里的数学公式反复计算那点口粮的最佳吃法；上语文课时，一碰到有关食品的名词，思维就要固执地停留在这些字眼上，而一上化学课，便又开始幻想能不能用随手可拾的物质化合出什么吃的来……”如果作者没有真切的亲身体验，是绝对不可能写出如此绝妙又逼真的感受。

路遥在描写他上中学的时候怎样惧怕冬天的日子，那是最难熬的季节：“冬天啊，你给这个饥饿的大地又平添了多少灾难和不幸！我那点单衣薄裳在寒风中立刻变得像纸一样不济事了，浑身经常冻得抖成了一团，而且肚子越饿，身上也就感到越冷。”所谓饥寒交迫就是这个样子。

当马建强拿到给县武装部打工挣来的钱时，向国营食堂飞奔而去，他感到浑身的血液像在燃烧一般，长期凹下去的胸脯骤然间隆起来了。他在食堂买了四碗烩菜、八个蒸馍，端在墙角落的一张桌子上，什么也不想，什么也不看，除过吃，一切别的好像都不存在，满头大汗地吃！浑身大汗地吃！拼命地吃！吃！

吃成了整个生命的核心。本来，温饱是一个人生存的基本前提，如果连饭都吃不饱，衣服也穿不上，那叫什么生活呢？但是，我们在相当长的一段时间里，在努力解决这个基本问题。我们有时候认真思考，人的生存究竟是为了什么？有没有意义？有什么意义？路遥的小说为这些问题提供了答案，并且为青年朋友指明了奋斗的方向。

后来在路遥的回忆里，他讲到过这段经历和当时的一些想法，他是这样描述的：“父亲是那种在生活上没有能力抵抗任何暴风雨的打击，而我作为这样一个父亲的后代，就不可能有任何依靠。我小时候出去经常被别的孩子打得鼻青脸肿，跑回家里，一般的孩子希望得到大人的保护和安慰，但是我回来，还要被大人另外打一顿，理由是你为什么出去惹别人。所以在六七岁的时候，我就形成了一种意识，就是不靠别人。在这个世界上，你不可能依靠别人来保护你，必须靠你自己，或死或活，只能靠你自己，尽管你年龄很小，但是你不可能有任何依靠。”

路遥生活在这块贫瘠的土地上，对饥饿的感受影响了他的一生，造就了他个性和人格中最基本的品质。饥饿本身就是苦难的直接表现，并且深深扎在心灵和血液的记忆之中。贫穷必须被改变，这也许是路遥最初奋斗的动力。

路遥一直对陕北地方饮食抱有一种生命意义上的崇敬，使他对土地和土地上的劳动者、土地上生长的植物，产生了血脉相连的情感。他的作品表现出了贫民生活中农家子弟的奋斗精神，也表现出了在苦难中闪烁的人性光辉。

同时，路遥对知识的渴望和努力学习，使他得到了早期的思想启蒙。

路遥对饥饿的感受是绝无仅有的，直到很长一段时间，人们说起路遥，会觉得他还在饿肚子，因为他想吃饭的时候，就说成是饿了。这种表述在陕北大地上是极为普遍的，也表现出人们对食物的迫切渴望。

饿对于路遥是一件很恐怖的事情，因为面对饥饿的记忆已经形成一种病态，路遥自己也控制不了。我们不知道医学上怎么解释这种现象，但我总觉得，从 1978 年路遥调到西安以后，饥饿应该不存在了，但是饥饿的感觉却跟随了他一生。

路遥最饥饿的时候，就是他在困难的日子里，也正是他长身体和长知识的时候，所以，我们可以把他的饥饿扩大为对食物、对知识、对爱情的全面需求。而恰恰是在这个时候，他最需要的东西，或者是应该有的东西，完全没有可能得到。这种现实，不仅会毁掉他的前途，甚至要置他于死地。

路遥一生都在努力拒绝苦日子，拒绝贫穷和落后。他小说的主题，可以说基本是围绕这个主题展开的，他痛恨苦日子，痛恨贫穷和落后，痛恨懒惰。他主张通过个人奋斗摆脱困境，靠自己的智慧和双手改变命运，让生命的活力全部焕发出来。

他的这种力量来自哪里？

很多人会这样寻访，这样追问，其实，答案并不太难：路遥是一个农民的儿子，他的创作之根深深地扎在大地的泥土里，可以说，他的写作、他的爱情、他的生命，始终站在土地的立场上，站在土地的立场上就是站在劳动人民的立场上。因此，他的力量是来自大地、人民的力量。

如果再说得简单点的话，路遥的一切都是从反饥饿开始的，能够吃得饱，是首要的，也是改变命运的第一步。

路遥的生活中从来就没有假如，他把所有的事物都看得神圣和庄严，认认真真做人，踏踏实实写作，是他一生中最基本的生存要素，说他是英雄，是因为他在平凡中突显出来的伟大情怀和精神气质。

路遥所表达的情感是具有人类共同理想的情感，是人类共同追求的目标，他的精神世界是崇高的，他的人格是完整的、完善的、完美的，他的追求使他快乐和幸福。

路遥是一个对写作有着宗教般虔诚的作家，他一直追求以有限的生命创造无限的精神力量为荣。

我们并不想把路遥的生命过程看作一种英雄行为，英雄的代价太大，然而，他的行为已经是一个英雄了。如果路遥依然在我们中间有说有笑，那他的亲人、朋友和同事，都会感到快乐。

与路遥打过交道的人都知道，生活中的路遥永远是一个叫人痛心和同情的弱者，他从来不注重保护自己的身体，他不停地索取自己的才华和生命。当他进入都市解决了温饱之后，并没有停止探索的脚步，他把目光投放得更远。为实现人生的第二个理想，他开始阅读这个更广泛、更繁杂的世界，并且将自己的理想设计得更高更远。

这个靠灵魂深处的理性光芒征服世界的路遥，也许是过早的苦难使他对生活树立起了坚定的信念，保持了一个人所能拥有的自尊自强的精神。这些都构成了他绝对坚强的内在力量。这种有关生命的生活经历，是他生活中最宝贵的财富，这些正是他的小说要展示给我们的心路历程，也包括他对饥饿的全部体验与痛苦、恐惧与美感。

路遥的作品，包括他自己都有一种英雄主义气质，他喜欢这种英雄气概的行为，这是路遥生命中很重要的一个层面，也是闪光点，一切的荣辱都与这种英雄主义有关。路遥是一个非常勇敢的人，如果是战争年月，他会成为战场上的英雄。

在路遥的小说里，改变命运是所有主要人物的一个主旋律，不管是他的小说，还是他自己的经历，都能说明这一点。我们相信，苦难的现实生活塑造了一个苦难的路遥，但我们谁也不愿意像路遥那样苦难，路遥的追求正是用文字的方式留住这一段历史，成为一笔精神财富，并且告诫后人如何改变命运，如何从困境中挣脱出来，努力让自己成为自己想成为的人。他的目的是造福后人，并不是让我们像他一样受苦受难，而是传承一种伟大的精神。

1978 年，路遥与妻子在天安门广场合影

爱　河

本集提示：1966 年到 1973 年上延安大学这一段时间，路遥 1968 年开始恋爱，一直到 1978 年结婚，这一段的经历是非常复杂的，不仅仅是爱情，还有被撤职的低谷。总之，路遥对别人以及这个世界的爱和别人对他的关爱，都交织在这一重要时期。

采访对象：曹谷溪等熟知路遥心路的朋友，路遥、林达这个家庭共同的朋友，路遥的同事、同行。

路遥说："春天一来，地上的一星点儿绿色，就激动得不知怎么办。陕北的杏树是最早开花的，杏树开花的时候，人的感觉是那么美妙。漫漫的黄土地上突然有一树杏花开起来，孩子们高兴得大声欢呼，但是谁也舍不得摘那杏花，就在树底下转过来转过去看。后来杏树结了绿色的毛杏，大家都特别想吃一颗，吃了那颗杏子，好像把整个春天就吃进去了。"

1966 年路遥从延川县中学初中毕业，"文化大革命"开始了，路遥也被卷入这场被他称为"没有胜利者的内战"之中。他参加了红卫兵到北京串联。

1968年，年仅十九岁的路遥作为群众组织的代表，被选为延川县革委会副主任，不久停职。停职后他作为返乡知识青年回到郭家沟村，成为一名农民。

这一年路遥萌发了爱情的火花，青春的激情有了暂时的归宿。爱情找到了路遥，这个一直处于苦难之中的游子。然而，随着他的革委会副主任被撤，爱情也远离了他，这对路遥而言是一个双重的打击，尽管二十岁的路遥已经是一个男子汉了，但这个阴影可能影响了他的一生，也许某种神奇的动力又给了他灵感和想象力，但是随时疼痛的伤口使他远离本该是自己的快乐人生。

1969年，在亲人和朋友的帮助下，路遥成为一名乡村的“民办教师”，并且开始创作。

路遥的爱情可以说始于“文化大革命”，他的前女友也是北京知青，他失恋之后，认识了另一个北京知青，也就是他后来的妻子林达，抚慰了他那颗受伤的心，直到1978年结婚，这十年之恋，成就了路遥。路遥的爱仿佛是一条大河，不只是恋人之间的爱，扩大到更为广阔的领域：对土地的爱，对亲人和朋友的爱，对真理的爱，都是他爱的内容。

路遥的爱情观在很多小说里表达得很明确了，他在《人生》一开始就写道：“刘立本的三个女儿都长得像花朵一样好看，人也都精精明明，可惜有两个是文盲。”我们知道刘立本的二女儿就是巧珍。这个认知是高加林高中毕业回村劳动之后的一段内心独白。显然有知识、有文化是他择偶的一个重要条件。

当高加林第一次见到班里从江苏转来的女同学黄亚萍时，很快被她吸引。他认为本地女同学和黄亚萍相比，都有点儿不大方，有的又很俗气，动不动就说吃说穿，大部分学习也不如男同学，他很少和她们交往。而和黄亚萍就不一样了，他们在一块讨论看过的小说，或者说音乐，说绘画，谈论国际问题。同学们曾议论他们的长长短短，他当时并不敢想什么出边的事。他和黄亚萍相比，有难以克服的自卑感，这不是说他个人比她差，而是在家庭、经济条件和社会地位这些方面。

所谓爱，并不仅仅局限在爱情、爱家和爱国的范畴里，它应该更广泛，关注得更远，就会想得更远，看得更远，路遥就是这样的一个人，他的观点总是有独到的见解，而且新鲜深刻，具有哲理性和艺术感染力。路遥的创作和爱情，就是在这样一种背景下展开的，才有辽阔的胸怀和日后的丰富性在、长久性。

其实，最重要的应该是爱情的力量，路遥的审美是非常细腻的、敏感的，我们从他对爱情的体察、描写，精细的文字中，都能感受到他心灵的微妙。这也是路遥能够成功的基础。

我们阅读过很多路遥的作品之后，会有一个最重要的发现，包括爱情的发生和发展，就是对比性，比如，他把贫穷与富足、美与丑放在两个人身上，再让他们恋爱，等于把两个尖锐的矛盾放在一起。设置强大的对立面，给人物强大的压力，他书中的主人公总是在这样极其艰难的境况下苦苦地前行，让不可能变为可能，并且往往要付出沉重的代价，才能向前推进很小的一步。

路遥吃惯了生活中的苦，不过一旦尝了一丁点儿生活中的甜头，就会陶醉，那味道永远不会忘记，并反过来使苦痛更难以忍受，于是他就可能会放弃。他在《在困难的日子里》为了不使大卫和亚玲因为他的存在而分手，最终决定退学，他的理由是“我要让别人不痛苦，只能使自己付出巨大的牺牲”，因为他也爱吴亚玲，否则他就不会付出巨大的牺牲了。这恰恰说明路遥的爱情观是会主动放弃个人的小爱，而保全他认为通过牺牲自我而不让别人痛苦的大爱。

现实中的路遥是个什么样子？我们知道，他有奉献精神，有英雄主义，但是每一个人都是多面的，路遥的忍辱负重，路遥的委曲求全，往往使他在现实中痛苦不堪。这是不是一种爱？这种爱往往被我们忽视，事实上这种爱正是舍去了小爱，才能实现的大爱。

路遥在爱情观上似乎还有另一面，给人的感觉是一个自虐者的形象，这种自虐的情结是否毁掉了他的真爱，他在《人生》里有这样一段描写：“高加林经过一段炼狱式的折磨，权衡了一切以后，已决定要和巧珍断绝关系，跟亚萍远走高飞，他想拦住她，但又没拦。做出这个决定，是对他们憎恨的农村旧道德观念和庸俗语论的挑战。他的性格中有一种冒险精神——也可以说是英雄主义品格。他一旦确定目标之后，就会精力充沛，精神集中，见解清晰，一刹那间，需要牺牲什么，他就会献出。”

但在黄亚萍和巧珍之间选择，高加林一直反复不定，他当然想和黄亚萍在一起，他觉得黄亚萍和自己各方面都合适，她有文化、聪慧、家庭条件好，又是一个漂亮的南方姑娘。她身上有一种对他来说非常神秘的魅力。像巧珍这样的本地姑娘，尤其是农村姑娘，他非常熟悉，一眼就能看透，他认为她们是单纯的，往往也是单调的。巧珍将来除了是个优秀的农村家庭妇女，再没有什么发展了。

可以说，路遥的一生一直在两难之间选择：巧珍还是亚萍，城市还是乡村。

其实，当我们发现路遥往往不是在好与不好之间选择时，就会恍然大悟，他原本碰上的是两块金子，不管选择谁都是错的，不管把谁舍弃了也都是错的，读者也不会答应。这就是他小说的迷人之处，也是路遥在爱情中碰到的难题。

这可能就是爱情的风险，假如他选择了巧珍，读者会指责他毁了自己，也毁了黄亚萍，所以，世界上是存在着两难的处境的，路遥把这个秘密写出来了，说明他对事物的认识能力上升到一个更高级的层次。命运的选择、爱情的选择不仅仅是一个非此即彼的简单问题，它有更深远的意义，有超越现实的力量。

所谓大爱，是对爱的未知领域的开发和对已知领域的提升，路遥爱土地，爱事业，爱亲朋好友，爱父母兄弟，爱妻子女儿。正像路遥小弟天笑所讲的："大哥比我大二十岁，在我的心目中，大哥就像父亲一样，是全家里的顶梁柱，虽然在经济上帮不上，在精神上是一个支撑。"

在事业上做出成绩的人，往往自己失去了很多具体的爱情生活上的享受，路遥更多的是通过艺术作品的想象力来实现自己最终的爱。

现实生活中的路遥常常会为情所困，突然买一张火车票，到一个地方待上几天，而且闷在一间屋里，哪里也不去，谁也不见，之后又原路返回。

有朋友说，路遥有时在大街上看到一个穿红衣服的女人就会激动不已。我们猜想，这一定与他的初恋有关。而路遥的初恋又是什么样子，我们又有谁知道，又有谁见过。

路遥在小说《人生》里这样叙述："高加林和黄亚萍快乐至

极的时候，猛然就会想起巧珍来，心顿时像刀绞一样疼痛。亚萍一时猜不透他为什么情绪会这么失常，感到很苦恼，有时候他们简直是一种苦恋。”

有人问路遥：“像巧珍这样的妇女，你是不是在农村就遇到过？”路遥说：“不是。这个人，我可以说，就是整个陕北劳动妇女的一种形象，陕北的劳动妇女就是这样，确实如此。”

我们往往被一种崇高的思想感动，它的美好的行为和精神，像一束光照亮我们自身的缺陷。

当路遥被县上撤职以后，再次回乡劳动，村民们再一次伸出朴实、实诚、友谊的双手。他感慨道：“他们在你走运的时候，也许远离你；但当你跌了跤，众人却都伸出自己粗壮的手帮你，这种伟大的同情心，永远会给予不幸的人。”这是一种人民之爱，路遥的大爱正是从朴实的农村父老乡亲那里学来的。对于路遥而言，农村是学习善良和大爱的课堂，是一本无边无际的书。

农村的孩子长大一些，知道害羞了，虽然裤子很破，但也都穿上了。有时候裤子破了，女孩子就会给缝补。有时也闹着玩，用针在屁股上猛猛扎一下。你若在山上摘下一颗青杏，就会想起补过裤子的那个女孩子，把这个杏子给她，她一定会高兴，就会从山上跑下来，因为跑得快绊了一跤，绊得灰头灰脑的，但手里还紧紧攥着那个杏子。回到村子里见到那个女孩子的时候，杏子已经被汗水、泥土揉成黑色，但她仍然很高兴，也吃得很高兴。那些特别美好的东西留下的印象特别深，其实心从来没有离开过她们。

后来，路遥进城上学了，上中学、上大学，毕业后参加了工作。脸洗得干干净净，背着黄书包回到村子。看到小时候一起耍大的女孩儿们，她们早已经出嫁，都有两个以上的孩子，怀里抱一个，手里拉一个，头发像沙蓬一样乱着，还像童年那样向你笑着，关怀着你，问外边的情况，而且不论怎样，非拉着他到她家里吃一顿饭。但是每次离开村子的时候，总会两眼泪水蒙蒙，路遥感觉到必须要把这些感受、这一切辛酸、一切非常美好的东西写出来。路遥写巧珍就是在这样一种情绪中完成的。在路遥艺术的世界，这个人物早就出现了。他的目的就是写出来让人们爱她，同情她，让她永远留在人们的心里。这就是陕北的劳动妇女，漂亮、美好、不幸，路遥从心底热爱着这些劳动妇女。

路遥曾经在几篇文章中写过与农民的这种感情，比如走在北京王府井、上海南京路，透过那一片花花绿绿的人头，会猛然在人群中停住，停住后，泪水就忍不住在眼眶里打转，他仿佛看见在那黄土山坡上有一个老农脱成光脊背，在吭哧吭哧地挖地，脊背上的汗流着，被太阳照得亮亮的，那老头已经七八十岁，没有任何人帮助他，还在那儿靠原始的劳动养活自己。就是这样一种爱，就是这样一种感情。

对于一个追求大爱，把整个生命和心思都放在写作上的人而言，有家人的全力支持是幸福的，也是幸运的，如果没有这个幸福也是正常的，可以说一个家庭一种风格，这是不可以强求的。世界之大，每一个人都有追求不同生活方式的权利，我们不能要求所有的人跟路遥一同殉道。

路遥创作的源泉是不是爱情的力量？路遥创作的深度，是不是因为爱情对他的伤害，反而成为一种动力，谁也无从知晓，或者是，或者不是。因为路遥情感的丰富性，已经超越了我们的想象，这是通过阅读他的作品获知的，路遥的智商和情商超过了一般人。

爱对于一个作家而言，是终极关怀的生命意义。而现实平民百姓的生存状态和命运坎坷，也不仅仅反映男欢女爱，只要是真诚的爱，爱世界，就是爱一个人，爱一个人也包含着大爱。只要有爱就是好的，就是幸福的。

路遥的爱正是植根于土地和民众展开的，他始终如一地履行着他神圣的职责。1968 年至 1978 年这十年，是他生命成长的关键时期，也是他真实而具体地感受到爱的岁月，感受到爱恨情仇的年龄。失恋也罢，痛苦也好，都处在基本甜蜜的爱情之中。

对爱情的渴望是每一个青年人正常的生理反应，然而，爱情在“文化大革命”中显得灰暗。对自小就缺爱的路遥而言，爱情对他有多么重要，他需要爱的抚慰，需要被爱情唤醒。那么，是不是没有爱情才狂热地寻找爱？是不是得不到爱才追求爱？

大爱是无界的，宽广的，爱就是善和美的结合，爱就是追求正义的行为，路遥通过他的小说净化读者的心灵，使善良成为一种习惯，成为唯一的生存方式，爱就会在每时每刻发生发展，这不正是爱的全部意义吗？

如果说一个人经受了痛苦，就懂得了爱和自由的话，那么路遥是快乐的，他选择了给予的存在方式，他艺术的全部内涵就是将自己的生命奉献出来，完善和成就了别人的同时也成就了自己。

路遥献出了自己，才会有智慧，敢把自己放在大火上燃烧，敢把自己摆放在祭坛上，成为爱神的信徒。

在路遥的这条爱河里，也包含了太多的不幸，不幸中的万幸就是他用爱心书写了巨著，那正是路遥精神的延续。否则，我们此刻的语言就会显得苍白无力，或者多余。当我们深刻地感受到路遥的爱就是奉献和牺牲，我们所有的人都将爱的目光投向路遥以及他的作品。

路遥认为，每一个青年人身上应该有一种罗曼蒂克的东西，尤其是在一个太世俗、太市民化的社会中，浪漫的情怀可以带来一种生活的激情,想想战争年代,那时的男女青年有什么物质的享受?但他们那么年轻，有的人在二十来岁就牺牲了，他们为一种理想，为一种精神，而使青春激荡。

如果一个人在精神生活上没有光彩，即使他有很多钱，仍然是贫穷的——和贫穷一样可悲。归根结底，我们需要一种积极的人生态度，而不是一种消极的人生态度和一种过分的自我主义。也就是说，我们不仅要使自己活得好，也应该想办法去帮助别人。这就是路遥，这就是路遥的爱，爱生活，爱事业。也许，这样一种人生才能更充分地体现爱的完美。在中国长达几千年的封建社会中，也是女性最黑暗的时期，“存天理，灭人欲”，是统治者推行的基本思想。个体的爱是需要的，但我们更需要广泛的爱、无边的爱，或者叫大爱，大爱无疆的爱。

在路遥的小说里，对女性人物往往以美丽、聪慧、活泼的形象出现，就是有这样或那样错误的女人，也会转变成她本来就具有的善良本质形象。这既是现实的也是路遥所希望的结局，我们不排除作者有引导的意图，但那是善良和美好愿望的企盼。

我们也知道封建残余并没有彻底消灭，它离我们的生活并不遥远，这股势力有深厚的基础，我们要随时提防，防止它卷土重来。路遥总是以极大的热情拥抱生活，拥抱他笔下的每一个人物。他说过，对于黄土地上的人们要批评，要表现出来落后和庸俗的一面，但不能少了致敬。因为贫穷和愚昧并不是他们想要的，难道生长在这片土地上的人就是错误吗？

在路遥的真实生活里，在他的小说里，对女性人物的塑造是多姿多彩的。有刘巧珍、田润叶这样勤劳、善良、美丽、纯情、豁达、开朗的传统女性代表，也有黄亚萍、田晓霞这样聪明睿智、潇洒豪爽、反对世俗生活规范的浪漫女性代表，以及清纯秀丽、好学上进、善良正直的卢若琴、吴亚玲等一些具有美好心灵的女性。

路遥对女性的描写也是充分、细致的，完全、彻底地表现出他对女性从审美到品质的全面价值观。路遥对女性的渴望与期盼也是显而易见的，从他的作品里所看到的是一个个善良、美丽、鲜活的女性形象，同时也塑造了他自己博爱的宽广胸怀。没有对女性报以极大的热情，是不可能塑造出这么多鲜活灵动的女性形象的。

“我永远记着那个遥远的大雪纷飞的夜晚，我有生第一次用颤抖的手握住我初恋时女朋友的手。那美好的感觉至今如初。我曾和我的女友穿着厚厚的冬装在雨雪弥漫的山野手拉手不停地走啊走，并仰起头让雨点雪花落入我们的嘴中，沁入我们的肺腑。”

路遥在《早晨从中午开始》的首页标题下写道：“献给我的弟弟天乐。”天乐是路遥的四弟，是《平凡的世界》里孙少平的原型。他们兄弟俩超越了兄弟情，上升到一种友情，是兄弟，是朋友，是知己，也是相互鼓励和批评的同道人。

每当路遥遇到困难的时候，天乐就会出现在路遥身旁，他甚至是路遥思想的执行者，为路遥创作中出现问题排忧解难。与大哥一起交流思想，一起哭，一起笑，就像凡·高与他弟弟提奥一样，有着心心相印般的神奇。

天乐说："路遥需要我给他创造奇迹，而他要给读者创造奇迹。"路遥在文章里给女儿写道："孩子，我深深地爱你，这肯定胜过爱我自己，你也许并不知道，我在深夜里，常常会久久立在你床前，借窗外的月光，看看你的小脸，并无数次轻轻地吻过你的脚丫子。"

路遥的爱女路茗茗，在十六年以后，用这样一段文字来表达父爱："我知道父亲是如此深爱这片土地，深爱一切生命；父亲用他深沉而朴素的爱感染了许多人，可能也正是如此，这么多年过去了，还有这么多朋友记得他。我从小跟父亲在一起的机会并不多，没有多少向父亲撒娇的机会，但我却深深地知道，我是幸福的！我得到了一生中独特而深沉的爱，这份爱凝结了他对生命的爱与责任。"

路遥在女人眼里是一个好男人，在朋友中是精神领袖，在兄弟姐妹中是好大哥，在读者的眼里是一个默默耕耘的天才。

立　志

本集提示：路遥1969年开始喜欢文学，1970年开始文学创作，他在青年时代就有充满激情的创作欲望，亦有远大的理想和抱负。1973年进入延安大学，是路遥人生的一个转折点，是他从事文学创作的一个重要里程碑。

路遥从小就表现出友善和多愁的倾向，在青年时代就开始发奋读书，善于想象，在延安大学期间，已经显露出特立独行的个性，已经有了成熟的思考和文学方面的才华。

我们认为大学是路遥坚定不移地选择了文学创作的关键，是他立志并迅速成长的圣地。

采访对象：申沛昌、陶正、闻频、叶锦玉、陈泽顺等同学和当事人，还有路遥在延安大学的老师。

路遥给大学生讲演时说："你们通过自己的努力，上了大学，证明了自己的能力，跨越了第一步，这值得骄傲，但是这不够，今后走向生活、走向社会、走向未来应该有更大的作为，你们现在就应该做好准备。我的作品中主要人物都是青年，我主观上也是着力塑造好青年形象，对青年问题的关怀我相信一代比一代强，作为我们这一代人，作为我个人，我曾经在好多场合说过，每一代青年的主要使命就是战胜前人。但是我们不是要打倒前人，我们要在总结前人经验的基础上有新的发展，这样才能证明我们一种新的人生。”

路遥 1969 年在马家庄小学任“民办教师”。那时候就开始了文学创作，1970 年第一次以笔名“路遥”发表诗作《车过南京桥》。

1970 年进入延川毛泽东文艺宣传队，从事文学创作工作，与北京知青陶正合作创作了歌剧《蟠龙坝》。与闻频合作创作歌剧《第九支队》，直到 1972 年，这部歌剧才在延川县演出。

1972 年 6 月，路遥与诗人曹谷溪去黄河边采风，创作的诗歌《我老汉走着就想跑》上了延川县张家河公社新胜古大队的黑板报，1971 年同诗歌《塞上柳》一并发表在《延安通讯》上。

1973 年，路遥以工农兵学员的身份走进了延安大学的校门。进入延安大学，是路遥人生的一个转折点，是他从事文学创作的一个重要里程碑。

路遥从小就表现出友善和多愁的倾向，在青年时代就开始发奋读书，善于想象，在延安大学期间，已经显露出特立独行的个性，已经有了成熟的思考和文学方面的才华。

我们认为大学是路遥坚定不移地选择了文学创作的关键，是他立志并迅速成长的圣地。

1973 年 11 月 30 日，《人民日报》发表《重视群众文艺创作牢固占领农村思想文化阵地》一文这样表扬路遥：“陕西延川县刘家圪崂大队回乡知识青年王路遥，在农业学大寨的群众运动中，亲眼看到广大贫下中农发扬自力更生、艰苦奋斗的革命精神，劈山修渠，改土造田，深受鼓舞和感动，他一边积极参加集体劳动，一边利用业余时间搞创作，在一年多的时间里，就写了50多篇文学作品，热情地歌颂了人民群众的革命精神和为社会主义革命和社会主义建设多做贡献的精神风貌，他写的诗歌《老汉走着就想跑》《塞上柳》《进了刘家峡》以及小说《优胜红旗》等，已在地方报纸和陕西省文艺刊物上发表。”当时能在《人民日报》得到这么一大段表扬，实在是一件了不起的事情，这说明路遥当时已经在县城有了一定的影响力。

在延安大学期间，他公开发表了诗歌《红卫兵之歌》、散文《银花灿烂》，1975年在《陕西文艺》发表散文《灯光闪闪》《不冻结的土地》，这些标志着路遥初步走上中国当代文坛。

在“文化大革命”中，路遥把吞到肚子里的生活中的苦难，变成了补充体力和精神的营养，这更是非一般人所能做到的。

路遥的早期创作极其广泛，比如诗歌、剧本、快板，包括到吴堡县采集陕北民歌。路遥在陕北民间艺术的海洋里，汲取了大量营养。

路遥喜欢陕北籍著名作家柳青的作品。他把柳青当作自己的导师、楷模，他不仅学习柳青在创作上严谨的态度和写作技巧，更重要的是学习柳青与农民打成一片的情感，站在农民的立场上写作。路遥做到了，他无愧于这片土地上的人民，也无愧于这个民族，因为他的著作有利于阅读他的人活得健康。路遥所做出的努力和人类健康发展的道路是一致的。

路遥先后阅读《创业史》七遍，学到了很多宝贵的创作经验。他这样评价《创业史》：“真的，在我国当代文学中，还没有一部书能像《创业史》那样提供了十几个甚至几十个真实的，不和历史上与现实中已有的艺术典型相雷同的典型。”他对柳青是这样描述的：“这是一双无法描述的眼睛，就是在病痛的折磨中，仍然放射着光彩；尖锐、精明，带着一丝审度和讽刺的意味。”他还说：“到目前为止，能读懂秦岭的，只有这个老汉（柳青）。”

我们知道柳青是陕北吴堡人，北大的高才生，他的作品主要反映农村生活，有反映合作化时期的重要作品《创业史》以及《铜墙铁壁》《种谷记》等。柳青的人格气质和艺术风格、语言的精细，对路遥产生了深刻的影响。

路遥没有让他的导师失望，具有开创性地表现了中国20世纪80年代城乡接合部农村青年的奋斗史，他可以称为中国当代最重要的作家之一。

路遥是那种一直给自己的事业和生活增加难度的人，无论是做人还是写作，他一直保持着这种高度，从不因为艰难或者困苦而降低奋斗的目标和做人的准则。

有的人不给自己设置难度，路遥不，命运是无法预料的，但写作一定要把握在自己的手中，否则，思想和写作可能会成为一个毫无约束的放任状态，这是路遥所不喜欢的。

路遥笔下的很多人物，都反映出他自己的亲身体验，作为一个出身于农民家庭的青年,从农村走向城市这个过程是相当艰难的。路遥在这个过程中，苦难的童年和人生历程，使他迅速地成长，并有了明确的奋斗方向。

路遥是个理想主义者，梦太多，幻想太多，但他的追求过程，每一步都落在实处，用行动证明自己的梦想，而不是漫无边际的空话。他在《人生》里用高加林的话说出自己的奋斗哲学：“现实是不能以个人的意志为转移的。谁如果离开自己的现实，就等于要离开地球。”

路遥相对比其他农村的孩子要幸运一些，因为他还能上学。从小学一直读到中学，他在县城已经看到一个很大的世界。他有了文化，觉得父辈的那种生活他再不能接受了，但现实生活又迫使他必须回农村，因为当时农村既不招干也不招工，甚至不能上大学。大部分青年屈从于现实，像父亲一样在土地上劳动，然后喂几只老母猪，想办法找一个媳妇，再养五六个孩子，重复父辈的命运。路遥不甘心这样一种生活，追求一种起码不能像父亲那样的生活，所以他苦苦地在社会上挣扎和奋斗。这也是路遥的基本经历，他经过挣扎走出农村，上了大学，一心要按照自己的理想生活。

在新中国成立初期的20世纪50年代到60年代，陕北特别贫困的农村，有的一个村子连一个识字的人都没有，过春节的时候要写副对联都没有人，没有办法就拿碗蘸上墨拓碗碗，一个格子拓上一个墨砣砣就算是文字。这些路遥都看在眼里记在心上，所以他一心要改变农村这种状况。要改变这种状况首先要改变自己的命运，这样才能改变更多人的命运，这种贫穷很让路遥痛心。

路遥从小在这样的村庄生活，当他有了知识，从那个贫穷落后的地方出来，他就会看清楚自己的故乡该爱的是什么，该抛弃的是什么。

对于农村的情感，一个没有在农村生活过的人是没有办法深入体验的。

路遥的创作方向越显明朗，经过饥饿的童年，经过了“文化大革命”，他进一步明确了自己的人生道路，是要以文学创作为终生的奋斗目标。他的刻苦以及他对知识的渴望和追求，使他在农村的普遍苦难里，在陕北民间艺术之中，在中国文学和世界文学中，汲取了大量的营养，路遥在很快地成长，并且逐步成熟。所以路遥比同龄人早熟一些，因为苦难使他思想复杂、沉重并且深刻。

青年时期的路遥意识到，要超越一般的市民意识，超越一般的农民意识，应该对人生、对生活有更广阔的理解，但不能狂妄，狂妄有时候避免不了，但更应该接近成熟。

路遥在青年时期就曾经有创作《平凡的世界》这样大型作品的觉醒和梦想，在四十岁之前一定要完成一生中篇幅最长、规模最大的一部作品。当时，对于正在上大学的路遥，这全是一种幻想，甚至可以说是妄想。但是，这是无可指责的。任何一个青年都有权利展开自己想象的翅膀，让思想飞翔。

直至《人生》完成以后，路遥突然想起年轻时想到的东西，现在是不是能实现这个梦想了。他翻阅过许多世界上像诺贝尔文学奖获得者等大作家的作品，他们的重要作品、代表作，几乎都是在三十五岁到五十岁之间完成的。路遥意识到时间在飞速流逝，要把握好自己的人生，就要努力创造，抓紧投入工作，才是最重要的。

“文化大革命”时期也是路遥立志、恋爱、勤学苦读的青春期。“文化大革命”对成长期青年的伤害，也由于他们青春，所以恢复得比较快。也许留下了一些后遗症，隐藏在路遥的心里。

“文化大革命”结束于 1976 年，路遥反映这一时期的中篇小说《惊心动魄的一幕》写于 1978 年 9 月，发表后一炮打响，从此一发不可收拾。

“文化大革命”不但没有挫伤年轻的路遥的锐气，反而使他迅速地成长，如果说生活中的苦难是毒药，竟然让他当营养一样吸收了，那么“文化大革命”也歪打正着，让路遥早早认清了社会发展的不可逆转性。也许，使他一腔热血的政治抱负，悄然转向为文学的理想奋斗。

路遥对人生有一种很广阔的关照，他从青年时期就养成习惯，每天必读《人民日报》《光明日报》《中国青年报》《参考消息》，其中最爱读《人民日报》的国际版，因为他曾梦想过进国际关系学院读书。

在高中时，路遥曾钉过一个很大的笔记本，里面写着“中东问题”“欧洲共同体国家相互政治经济关系研究”“东盟五国和印支三国未来关系的演变”“中美苏三角关系中英国的因素”。

路遥喜欢时事政治，他在《你怎么也想不到》中这样描述：“甘地是我小时候就敬仰的一个伟人，我在看《甘地传》这部电影时非常激动。影片如同想象的那般震撼人心。赤身裸体，全身只缠一块白布的甘地,他为国家独立和民族尊严所表现出来的伟大献身精神，强烈地震撼着人的心灵。”

可以说，路遥在失去政治领域发展的可能后，很快投入到文学创作之中，他一开始写过诗歌，后来选择了小说创作。我们会自然地意识到，他在现实中的组织和统领才能转移到小说这个可以虚构的更为广阔的艺术领域是必然结果。

路遥就像一个将军和领袖一样，在他的小说世界里指挥千军万马，掌控更多人的命运，甚至完全可以决定他小说王国的历史。

在路遥的作品里，我们能够找到什么呢？无非就是一种向上的精神、进取的力量，给正在热血沸腾的青年指出明确的奋斗方向，尤其是农村的青年能够更为广泛地受到影响。

路遥在延安大学时主要对托尔斯泰、高尔基、雨果、巴尔扎克、普希金、莱蒙托夫、惠特曼、拜伦等人仔细研究，路遥的出现不是一个简单的现象，他可能凝聚了太多的文化因素，然后由于他的正气与中国社会的正气相遇和一致，才能产生出巨大的创造力。

路遥的出现，不只是一代人的培育和影响，而是从古至今的民族基因传承的结果。一个人的成功没有那么简单，表面永远是浅薄的，我们依然相信路遥是一个精灵，是陕北大地上精气神的聚合，是陕北历史的凝结，是陕北的日月精华，天地灵气哺育而成的国之骄子。

路遥把辛勤的工作，甚至一切有价值意义的人生奋斗，都统称为劳动。他说："如果一个不劳动的人，在寻找幸福，你可能是幸运的，但是你肯定是不幸福的。如果一个人不劳动，不劳而获，你可能是幸运的，你可能去猜奖券成为百万富翁，你可能从父亲那儿继承了一大笔遗产，这只是幸运的，但是不可能是幸福的。"

我们有没有想过，在我们打开国门之前，经受了多少灾难和痛苦。路遥经受了这种苦难，很多人经受了这种苦难，我们经历的饥饿和灾荒也许会成为历史，而我们不敢保证，灾难不会以别的方式降临到民众的头上。

支离破碎的黄土高原，尽管沟壑纵横，尽管干旱、沙尘暴肆虐，尽管颗粒无收，但我们还是以最本质的爱和激情，投入在她的怀抱中，因为祖国的土地每一寸都需要我们坚守。

黄土地和人的情感，就是这样一种关系，有时候你用鞭子抽他，他也不会离开，即使离开了又自己跑回来。在这片黄土地上，至少在约一万年前，农耕文明在黄河岸边就诞生了。从狩猎到耕种，这是中华民族最初的文明，谁能说清楚，也许是苦难成就了路遥，使他成为天才。

路遥喜欢中国的《红楼梦》、鲁迅的全部著作和柳青的《创业史》，喜欢国外的列夫·托尔斯泰、巴尔扎克、肖洛霍夫、司汤达、莎士比亚、恰科夫斯基和艾特玛托夫的全部作品，喜欢泰戈尔的《戈拉》、夏洛蒂的《简·爱》、马尔克斯的《百年孤独》等。他认为："这些人大都是生活百科全书式的作家。他们每一个人就是一个巨大的海洋。"

我们的文学艺术，除了古典文学的成熟以外，近代的文学，尤其是现代文学的宫殿还在建立，包括新中国成立以来到"文化大革命"这一时期，从艺术的角度评判，事实上没有真正进入文学本体的核心。

路遥应该是伟大的现实主义作家，事实上，要真正做到现实主义是非常艰难的。就像路遥的创作一样，他的劳动对生活和生命，就像教徒对宗教一样虔诚。当然，他的所有成就来自他少年、青年时代的理想、志向、志气的完好保留和发展。

1919 年五四运动在北京爆发，这是一次反帝、反封建的爱国主义运动，打出了"科学"与"民主"的旗帜，以不妥协的精神与封建的传统文化分裂，提倡白话文书写，并引进了马克思主义等西方思想，在中国广泛流传。

我们知道追求科学与民主是一个长期的过程，而在中国这个农业大国，让更多农民兄弟觉悟更是艰难，但更重要的是让农村青年发奋，并自觉地推动科学与民主发展，在其中发挥作用是十分重要的。

距五四运动六十年后，路遥敏感地发现在农村青年中，只有普及知识，才有望使科学与民主发展。路遥没有大喊大叫，而是以小说的方式，鼓励农村青年自立自救、发愤图强，首先改变现实的生存处境，向命运发起挑战。

路遥看得远，就像鲁迅先生所说的："医病是拯救人的身体，而文学才能医治人的灵魂。"路遥的创作在 1979 年全面展开，一直到 1989 年，这十年是他的全盛时期。其实只有一个主题，拯救灵魂的工程，尤其是拯救广大农村青年，路遥一直在寻找这条出路。

在路遥的笔下，很多人物为了有尊严地活着，像高加林、巧珍、孙少平、孙少安、田晓霞、马建强等，为了人格不被扭曲，脊梁不被压弯，精神不被打垮，意志不被消磨，肉体不被吞食，他们坚强地站立着，向未来实现科学和民主的社会而迈进，即使今天倒下了，也是为了明天的站立，这就是路遥的创作思想和主题。

路遥是一个罕见的爱国者，他具有强烈的民族自尊心，实际上他的写作就是为这个民族殉道，应该授予他爱国者勋章或全国劳动模范。当然，这些荣誉对于路遥本人而言并不重要。可是我们不能忽视，我们的忽视就是对一个公民背后所有劳动者的忽视与伤害。

在延安大学上学期间，路遥的阅读与思考，使他完成和选择了一生为之献身的职业以及生命的方向，这就是路遥立志背后的生活背景。

收 获

本集提示：这一集为路遥从延安大学毕业后，分配在《延河》编辑部任编辑的那段写作与生活经历，以及《惊心动魄的一幕》《人生》获奖，《人生》电影获奖。

采访对象：吴天明、秦兆阳、白描、晓雷和有关政府部门当时的工作人员，研究路遥《人生》的专家。

收获的季节到了，我们必须为路遥清点一下丰收的果实，高粱玉米有多少，黑豆荞麦有多少，糜子谷子有多少，陕北极少种的麦子又有几升几斗。

对于路遥而言，真正的收获早就开始了，应该从播种算起，从苦难的童年算起，从王家堡向郭家沟乞讨的旅途算起，从每一次饥饿得昏倒算起，从恋爱并失恋算起，从无数个沉思的夜晚算起，从早晨到中午算起，这是一份耗尽了整个生命的清单。

每一粒粮食都倾注了汗水和心血。

路遥已经养成了严谨的习惯，不会不严谨，不会不认真，也不会放松自己，不会原谅自己，必须把每一个作品改到满意为止，就像种地的农夫精耕细作。要说路遥为什么有这些收获，因为他做好了能够得到收获的所有准备、具备了所有前提。

路遥从1976年开始就收获不断，比如1976年从延安大学毕业被分配到陕西省作协《延河》编辑部。这是一件让很多人羡慕的事情。

1978年，路遥与在延川县插队的北京知识青年林达在延川县结婚，在延川县应该算一件很重大的事件。

1979年，女儿路远出生，给路遥的生命增添了极大的幸福。

1980年，路遥的中篇小说《惊心动魄的一幕》在《当代》杂志发表，并获1979年至1981年度《当代》文学荣誉奖，1981年5月荣获第一届全国优秀中篇小说奖。

这期间，短篇小说《匆匆过客》《青松与小红花》《卖猪》《夏》《姐姐》《风雪腊梅》相继在全国公开发表，产生了影响。

1982年，路遥的中篇小说《人生》在《收获》杂志第六期发表并引起全国轰动。

路遥将《人生》改编成电影后，再次产生轰动，获得1984年第八届《大众电视》百花奖最佳故事片奖。评论小说和电影的文章发表了近两百篇，文学界形成了研究路遥的高潮。

1982年，《当代》杂志在第五期发表路遥的中篇小说《在困难的日子里》，此文荣获1982年度《当代》中篇小说奖。

从此路遥登上了中国当代文坛。以反映"城乡交叉地带"的社会生活问题为焦点，"城乡交叉地带"也成为研究路遥小说的一个关键词。

1983年，《人生》继《惊心动魄的一幕》之后，再次荣获第二届全国优秀中篇小说奖。同年，中篇小说《黄叶在秋风中飘落》

发表在《小说界》。

1978年至1983年的五年间，路遥的生活和事业都发生了翻天覆地的变化，这个变化用最简单的方式解答，就是一个农夫通过辛勤的劳作，终于得到了收获。路遥对现实的想象使他的艺术创造得到充分的发挥，这证明路遥有极大的童心，他是传统的、现代的，也是未来的。

1981年10月，在西安召开的关于农村题材小说创作座谈会上，路遥第一次提出“交叉地带”一词。

他说：“农村和城镇的‘交叉地带’，色彩斑斓，矛盾冲突很有特色，很有意义，值得去表现，我的作品多是写这一地带的种种矛盾，更多的是一种复杂的相互折射，面对这种状况，不仅要认真熟悉和研究当前农村的具体生活现象，还要把这些生活放在一种更广阔的社会背景和长远的历史视野之内进行思考。”

路遥的言论，始终来自他身体和心灵的体验。他说：“事实上农村经济、文化等方面，长期处在与城市有着巨大差别的状态之下。坦率地说，是因为农村长久以来一直是城市发展祭坛上的牺牲品。”是的，路遥小说的核心思想就是对人的解放，追求心灵自由的过程，也就是为在实现中不做祭坛上的牺牲品而奋斗。我们若不努力，就会成为别人的口粮，不管对中国还是对世界而言，这样的存在都是卑微的没有尊严的。

对路遥而言，收获不是《人生》获奖，也不是个人有名利，而是引起全社会对农村贫困生活的关注和讨论，对高加林和吴巧珍命运的讨论，引起人们对城市和乡村接合部的动感和极其强盛的生命力的重视。《人生》获奖，而路遥并没有沉浸在这种喜悦之中，他知道自己的目标不在这里，这一收获跟一个农夫每年都要播种和收获一样平凡。当然这收获也来之不易，从 1969 年开始创作，是十几年苦苦追求和奋斗的结果。对于一个农民的儿子而言，就是创造了一个奇迹，路遥就是那种不断创造奇迹又不断推翻奇迹的人，他永远不会停止，永远在路上，路就是他的家。

路遥的中篇小说《人生》在中国文坛引起轰动的时候，有位诗人写了以《致路遥》为题的诗作，表达了对路遥的敬仰，其中有这样的句子：

第一次造山运动
挺立在黄河汹涌的臂弯
你同月亮一起升高
又跃上太阳穿刺重围的黑暗
陕北民歌飘逸豪放的任性
交响乐朦胧而抽象的内涵
母亲的呼唤和幼儿的泪眼
饥饿的乡童和补丁满身的老农
蚯蚓在不停地蠕动
愉快地死去又痛苦地复活
创造弯弯曲曲的历史
永生的天才 在没有道路的道路上
走向没有终点的终点

对于我们所处的这个现实社会，就是再激烈的批评，也是一种爱心的闪现，就像一个医生对他的病人一样，必须诊断准确，并且说出事实的真相，才可能对症下药、铲除病根，使病人恢复健康。

路遥深知一个为真理献身的人是伟大的，具备一种大爱，他在赞美为正义挺身而出的英雄的同时，将自己也写成了英雄。英雄就是敢于把头颅献上祭坛的人，让人类获得智慧，让历史体现精神。

路遥写《人生》反复修改了三年，直到1978年才完成。当时他每天工作十几个小时，不分昼夜，身体就像燃起大火，口舌生疮，大小便不畅，常常因为写作，一个人在深夜里转圈儿。我们知道，如果说收获的话，路遥的收获，来自他高尚的认识能力、崇高的目标以及超越常人的吃苦精神和牺牲精神。

路遥创作的准备工作以及精细的谋篇布局，在目前的作家中无人能匹及，路遥给中国文学创作树立了一个典范。《人生》的价值，就是把当时好人、坏人脸谱化的程式彻底颠覆，把人性的多面性展示出来，使人物描写走出单一的格式化，把当时社会青年人存在的问题和尖锐的矛盾摆到了人们面前。

当然一百个作家就有一百种写法，但不可能一百种写法都是最好的，最好的往往是能够代表大多数人立场的作品，它既是本民族的，又是其他民族的，也是世界人民的共同心声；它可能是现实主义写法，也可能是后现代主义写法或者其他什么主义，但有一点是必需的：一切主义都是从现实主义或者是从现实的生活中产生的，就好像所有的庄稼都生长在大地上一样。路遥是现实主义作家，但他的思想更多地反映出现代主义的艺术光芒。

若要让一个祖国强大起来，就是要让每一个个体觉醒。路遥的小说并没有空洞地描述无边无际空泛的大道理，而是始终关注和鼓励个体的追求。如果每一个人都在追求真理，每一个人都在改变原有的生活条件，每一个人都富裕和文明，那么这个国家就会迅速地改变。

路遥总是以活生生的人物形象表达，在具体的事件中展示真善美。在他的笔下没有绝对的坏人，这些人的语言和行为总是在一定的社会环境中展开。路遥的创作从不脱离现实，总是活灵活现地反映生活中的真实，并且把他们上升到艺术层面。《人生》的成功，在当时很轰动，它带着生活的气息走进校园，走进知识界，走进工厂和农村，走进每一个读者的心。

对于路遥的文学成就以及路遥这个人，我们不能就事论事，你喜欢他，他也不可能是你的，陕北人喜欢他，他也不是陕北的，中国人喜欢他，他也不全是中国的，他应该是世界的。任何一种文化现象扩大成一种社会现象时，他的本质就产生了改变。任何一种地域化的解释都是弱小的，甚至是无力的。

在俄译本《人生》后记里，谢曼诺夫这样写道："我看到过根据路遥小说改编的电影，这部电影在世界各国放映，电影是感人的和富有特色的。最后，我在中国和作家路遥本人会见了，他是一位纯朴的，同时又是一个聪明的，善于思索的人。他已经是陕西作家协会的副主席。"是的，路遥一路走来，确实艰难，但是他创造的辉煌达到一个可观的高度，这个高度又是用思想的积累凝结而成的。这位外国友人敏锐地发现路遥作品里的精神内涵。路遥的另一个重要思想就是"民族的根首先在农村"。

路遥认识事物本质的能力是超前的，他认为："一个人就是一个世界，这个世界，不是孤立的，是和整个社会密切相关的，互相折射的，有些作品尽可以编造许多动人的故事，但他们没有关注人物的精神世界，如果人在作品中只是一个道具，作品就不会深。欧洲有些作家，包括大仲马为什么比巴尔扎克、托尔斯泰低一筹，原因就在于此。”

我们每一个人都想看到更大的天空，踏上更广的土地，而心灵的宽广也许对一个正直的人而言会更重要，路遥比别人获得了更多的珍宝。虽然路遥物质上并不丰富，就算他一个人脱贫了，而他的父母和兄弟姐妹呢？就算他的家族脱贫了，而那个广阔的黄土高原呢？路遥多年来心灵上的负担正在于此，他没有只想自己，他想的是一个陕北，一个贫民阶层，一个民族最基本的生存状态出现重大问题，在陕北十年九旱的现实生活中，不是谁能在一夜之间改变的，而更大的问题是，我们的意志和情感的衰竭。

人从本质上讲就是历史本身，但创造、解决现实问题的能力永远是问题的关键。如果盲目地崇拜现实，也是会犯错误的，我们的一些作家就是犯了这个错误，既不了解历史，又不懂得现实，那肯定是没有未来的。对历史和现实准确判断的结合，才能有正确的决策，赢得未来的成功。

路遥的创作理念有很多珍贵的东西，其中超越土地和农业，崇尚科学是非常重要的，因此，农村的现实和他的理想之间的差距，常常压得他喘不过气来。

路遥一直在寻找自由的空气、自由的空间、自由的精神，但遗憾的是，自由的土地在哪里？

路遥是一个富有开拓性和创造性的作家。他热爱土地，赞美劳动，诅咒贫穷落后，他在小说《人生》里让高加林说出他自己想说的话，当他的恋人黄亚萍问：“你想不想去？”高加林不假思索地说：“我联合国都想去！”路遥对新思想、现代化、科技革命充满了希望。一切外部世界的变化都在他的视野之中，并且在作品中有所反映。

路遥写农村青年的奋斗史，只要是想有尊严活着的人，就会喜欢路遥的作品。

路遥始终站在一个更高层面上批判现实。他并不是直接说出来，而是通过人物的行动，体现了自己对社会的批判。

路遥最大的爱好就是苦思冥想。他常常一个人坐在一个角落里，想自己的事，想世界的事，想周围的事。《人生》轰动以后，他反复思考的头等问题就是《人生》以后怎么办，这个问题对他来说是一个很严峻的问题。

路遥对中国语言学的未来很关注，他认为：“在西班牙语系中，包括拉丁美洲，过去没有多少太伟大的作家，像塞万提斯的《堂吉诃德》，这在西班牙语系中是比较重要的作品，过去在拉丁美洲第三世界一些所谓贫穷落后的地方，它们的文学意识也在学习欧洲，但是后来拉丁美洲的现代作家们，在自己传统文化基础上用新的手法如魔幻现实主义等等进行创作，产生了许多伟大的作家，令欧洲的作家们刮目相看。拉丁美洲作家进步了，而欧洲的作家落后了，回过头来，欧洲的作家要学习拉丁美洲的作家。比如拉丁美洲的马尔克斯、略萨、博尔赫斯，还有西班牙本土的塞拉，这里边就有两个是诺贝尔文学奖获得者。拉丁美洲的文学为什么会出现这么一种现象？因为他们完全不是跟在西方人的屁股后面跑。如果完全把西方的东西拿过来当作自己的楷模，就会永远跟在西方人的后面跑。

而是走出自己的一条路，这样就迫使西方的当代作家回过头来向他们学习，按我们的理想，中国有一天也应该是这样的。”

如果把路遥的写作称为中国健康小说的榜样，或者绿色的文学艺术品、传统与现代精神的血脉传承，一定是正确的。

如果我们把路遥的写作归类为坚守自我内心，并具有大多数普通人生命价值的创造，显然是可以的，这就是路遥与别的作家的区别。他的严肃性比我们想象得更深远。

路遥是那种中国硬汉，并且内心坚强不屈，他的作品就是把自己的生命与老百姓的命运放在一个锅里进行煎熬。

路遥的精神还体现在对时代和人生的真切认识，用其纯净的理想支撑东方文明缺失的英雄主义式的写作信念，这种英雄主义是站在悲苦农民的立场上完成的。

这些精神的支撑，应该是路遥写作和创造一切的背景，没有这个深刻的背景，就没有路遥，所以，可以这样说，哲学的思考正是路遥一切收获中的最大收获。

正像路遥自己所说的那样：“作家的劳动绝不仅是为了取悦于当代，而更重要的是给历史一个深厚的交代。如果为微小的收获而沾沾自喜，本身就是一种无价值的表现。最渺小的作家常常关注着成绩和荣耀，最伟大的作家常沉浸于创造和劳动。劳动本身就是人生的目标。”这就是路遥对收获的认识。

辉　煌

本集提示：《平凡的世界》获茅盾文学奖，展示六年来的创作艰辛，用具体的事件和细节表现，展现辉煌是智慧和勤劳创造的结果。

采访对象：蔡葵、朱寨、曾镇南、何西来、李建军等专家学者，以及作家和读者群。

毫无疑问，第三届茅盾文学奖颁发给路遥是一个非常正确甚至伟大的事件，因为路遥是一个贫民作家。假如我们把他的作品放在现在的环境中评这个奖，这个奖不一定能颁发给这部作品。

此刻，我们再次感谢那一届的评委，由于你们的公平和公正，使一部伟大的作品有机会迅速传遍中国大地,所以你们也是伟大的。

艺术创造从来都充满了风险，不是有这样的风险就是有那样的风险。路遥的创作完全立足于现代现实主义基础之上，那么，无论是创作还是生活本身，他面临的风险就会更大，因为他的作品表现的是离现实最近的生活。

本来创作是不应分什么主义的，但这个主义已经形成一个划分作家派系的方式，如果你拒绝归类，就不能证明你创作的作品有某种根基，就没有人承认你的价值。这属实可笑，但又没有什么办法。

路遥在获得茅盾文学奖之后是这样陈述自己当时的处境和艺术观点的："在当代各种社会思潮、艺术思潮风起云涌的背景下，要完全按自己的审美理想从事一部多卷体长篇小说的写作，对作家是一种极其严峻的考验。你的决心、信心、意志、激情、耐力，都可能被狂风暴雨一卷而去，精神随时都可能垮掉。"

路遥是从 1982 年开始构想和准备创作《平凡的世界》的，当时在他写作的过程中，各种艺术思潮遍布中国大地，如果有一点动摇，就会写不下去。用路遥的话说："不得不在一种夹缝中艰苦地行走。在千百种要战胜的困难中，首先得战胜自己。"在路遥的眼睛里，必须无限扩大自己的眼界和胆识，才能抵挡来自多方的压力和白眼，事实上战胜自己就战胜了整个世界。

路遥说："《平凡的世界》写了整整六年时间，如果这部作品失败了，就意味着我整个青春失败了。我完全要把青春作为抵押来搞这部作品，中间过程中我病了，我又意识到，我不仅仅是拿青春作为抵押，而且是拿生命作为抵押。"

在不平等的条件下追求平等。

在饥饿的生活中渴望大丰收。

路遥创作《平凡的世界》，在 1983 年框架结构已经确定，作品的时间跨度为 1975 年至 1985 年，力求全景式反映中国那十年城乡生活的巨大历史性变迁，人物近百人，分三部，一百万字。1985 年秋，路遥在铜川矿务局陈家山煤矿职工医院开始创作《平凡的世界》第一部，并下矿体验生活。

1986 年，《平凡的世界》第一部刊登在文学期刊《花城》上。

1986 年夏，在陕北吴起县人民武装部开始创作《平凡的世界》第二部。

1987 年 1 月 7 日，《小说评论》和《花城》编辑部在北京召开路遥长篇小说《平凡的世界》第一部研讨会，评论家们给予小说很高的评价，认为《平凡的世界》是一部具有内在魅力和激情的现实主义力作。它以 1975 年至 1985 年中国广阔的社会生活为背景，描写了中国农民的生活和命运，是一幅当代农村生活全景式的图画，是对“文化大革命”历史生活的思考。在事件和人物之间，作家更着力表现新旧交替时期农民特有的文化心态，试图探寻中国当代农民的历史和未来。

1987 年 3 月，路遥随中国作家访问团访问西德。

1988 年 5 月 25 日，《平凡的世界》全部创作完成。当年，陕西省政府授予路遥“劳动模范”称号。

1988 年，《平凡的世界》第二部由中国文联出版公司出版。

1990 年，《平凡的世界》电视连续剧播出。

1991 年 3 月 10 日，第三届茅盾文学奖颁奖大会在北京举行，路遥在颁奖大会上发表《在茅盾文学奖颁奖仪式上的致辞》演讲。《人民日报》刊发消息，报道长篇小说《平凡的世界》荣获第三届茅盾文学奖。

路遥是有理想、有抱负青年的榜样，他的作品告诉青年朋友，路就在自己的脚下，路遥知马力的路遥，已经是一代又一代青年人的精神支柱。

路遥说：“一个好的作品处处应该都有思想，每一句话里，每一个段落里，每一个语言的港湾里、河流中、一个浪花中都应该有思想。现在读一些大家的作品，像托尔斯泰，你现在读他的《安娜·卡列尼娜》。第一句话就会吸引住你，就要动脑筋想：幸福的家庭都是相同的，不幸的家庭各有各的不幸。一个好的作家和艺术家，他在任何一个地方都要体现出一种对生活的深度认识，而不是浅薄认识。”

路遥非常谦虚，有人问他《平凡的世界》是否有他不满意的地方。他说：“搞这么大一个作品，你不可能把一切都考虑得百分之百的周到，甚至可以说到处都是漏洞和缺憾。”

路遥除了与写作有关的阅读思考之外，唯一的爱好就是看足球赛。我们知道，足球是力量与智慧在一瞬间同时得到绝对发挥才能放射光彩的运动。路遥尤喜欢德国足球，其次就是俄罗斯足球，因为他敬仰这一片土地上的许多文学大师。

在西德访问期间，路遥有幸在慕尼黑奥林匹克体育中心观看了一场十分精彩的足球比赛。他一直喜爱的球星鲁梅尼格也在场上，并且给对手纽伦堡队的大门送进去第一个球。这是路遥一直引以为豪的事情。

路遥是进取心极强的男人、敢于承担的男人，他忽视了自己的身体健康状况，他没有时间和能力保护自己。

在写作《平凡的世界》时，有一天路遥突然三番五次地给弟弟打电话，叫他到自己的身边。一见到弟弟，路遥就抱头痛哭。他弟问他怎么啦。他说：“大事不好，我的田晓霞死了。”

路遥认为谁死谁活，有时候很难说，而且一般来说，具有献身精神的人死的概率比较大，像田晓霞这类人，他们是比较勇敢、了具有献身精神的人，所以死的概率就比较大。常常看到报刊上刊登一些青年英勇献身的事迹，大都是为了救别人或保护国家财产。因为他们勇敢，所以死了，而那些懒汉，经常在家里待着贪生怕死，活下去的可能性就会大一些。

路遥在创作《平凡的世界》的准备阶段，他大约阅读了一百部中外名著，翻阅了近十年的报纸杂志，这些工作能说明什么呢？他的准备难道不是为了更准确地把握中国社会的走向以及各个领域的现状和发展情况吗？路遥的创作告诉我们，他的艺术观、人生观、政治观与国家命运的紧密关联。路遥有着博大的胸怀，他的创造的确不是为了愉悦，我们不反对愉悦。也不反对轻松而快乐的娱乐文化，人不就是为了快乐吗？但我们也不能放弃深刻，人类的发展需要每一代人付出艰苦的努力和悲壮的牺牲。我们不鼓励牺牲，但也不能拒绝有益的坚守和奉献。世界上所有的文明都是通过执着的奋斗才取得成功和流芳百世。

路遥作品的阅读量始终排在前列，就是因为他的作品中所具有的那种强大的崇高感，一种健康向上的精神、自我奋斗的精神，让人要站起来的精神力量。

路遥被一种强大的理想主义支撑，有人在经济发展的繁荣景象下嘲讽理想主义，这是无知而可笑的，人性的光辉不是一个富字可以概括得了的。人性是人类存在的基本意义，也是终极意义，离开它，一切的生存将失去基本的价值和方向。

路遥的小说中充满了人性的光辉，处处可见温暖，温暖着读者的心灵。你是求学上进的学子，你是曾经艰苦追求过真理和正义的人，你现在还在追求或者将要开始发愤图强，都将被路遥的小说感动，并能获得启迪。

物质的关怀与给予是一种眼睛可以捕捉到的实物，而精神的传递不仅看不见，而且做起来也比较困难，它是心灵的功课。文学艺术的价值就在于此。它是一种精神传递与接受相呼应的事物，作家能够做到的就是敞开心灵，让奉献和给予的情怀变成善良的底色和根本，而不是保全自我的那种自私的写作、掠夺式的写作。路遥是一个奉献型的作家，他没有角色转换的过程，他就是农民的儿子，他就是为普通人写作，这就是他写作的立场和出发点，也是终点。

路遥的写作是有根的写作，他小说里的主人公几乎都是苦苦追求，但最终又都回到了故乡。这个安排是路遥精心设计的，那么路遥的真正想法是什么？难道他不企盼他笔下的人物走入城市，加入这个城市人群中，改变他的人生吗？

路遥如此热爱故土，他是一个不愿意舍弃土地的人，他的血脉连着故乡的大地，那么，我们能否猜测一下，如果离开农村奔向城市，是不是他的人物与土地的血脉就断了？一个断了血脉的人就断了与土地的传承关系，但有一点是必然的，在路遥的灵魂深处，土地是永恒的，土地是必须坚守的，需要守护的，不能因为贫穷就离弃，应通过努力让每一块土地都肥沃，让贫穷变成富裕，这才是最根本的。

路遥的精神究竟是什么？当我们打开他的著作，他的《早晨从中午开始》，就打开了一座冰山，我们知道，我们正在靠近这座冰山，只有一步一步地攀登，才能爬上山顶，爬上山顶才能看到他的全部。我们正在一步一步靠近它，它也许是冷漠的，对于我们这些不速之客并不熟悉。这要看我们是否与他的意愿相符、兴趣相投。

假如我们是站在背离人民百姓的一边，他就会不高兴，假如我们站在人民的立场，他就会欢迎我们，并且打开自己的心扉，把一切奉献给我们。在《平凡的世界》里，孙少安、孙少平这样的人，不管他们在哪里，一定是让人放心的，因为他们的世界观已经形成，一种向上的力量牵引着灵魂，奋斗拼搏就是整个小说的方向。

路遥是世界的路遥，这不在于一个人身处何方，而在于他的人格力量和呈现出来的精神风范。一个作家不是去过的地方多，他的胸怀就博大。心中就装着一个世界，他的见识就是开阔的、辽远的，就是穿越无限时空的，恰恰是心灵的广大，心灵是无限的，才能够感染一群人、一代人，才能够感染世界上所有的人，不同种族、不同语言、不同肤色的人。

路遥正是以他的胸怀，从自我出发、从黄土地出发走向世界的作家。德国作家卡夫卡甚至没有走出过他自己所居住的城市，但获得了整个世界的赞誉，就是因为他的作品代表了人类的意志和向上的精神，路遥也是如此。

路遥的讲演常常掌声雷动，他深刻、大气、辽阔，几乎完美无缺，应该说集中体现了他的智慧和艺术思考的高度，他追求人生价值意义的高度，他的人民性，他的劳动观，他的生命辉煌和艺术辉煌都在两者的实践之中得以延伸。

路遥说：“古今中外，所有作品的败笔最后都是由读者指出来的；接受什么抛弃什么也是由他们抉择的，我承认专门艺术批评的伟大力量，但我更尊重读者的审判。”这就是路遥，一个坚决站在大多数人民群众利益一边的作家，表现他们并得到他们喜爱。

1991 年秋，路遥回陕北，途经清涧县，当正在赶集的群众知道是路遥回来了，纷纷涌来想看一看路遥。谁知道围观的群众越来越多，路遥在其中被围了两个多小时。在中国，对一个作家如此关注甚少，尤其是在陕北的乡间发生这样的围观事件就更是奇怪的事情。这个围观事件能够说明，一个作家，只要你为人民做事，人民就会把你牢记在心中。

路遥是陕北作家，大多数同时代人熟知路遥。路遥《平凡的世界》获奖后，农民兄弟们不识字，他们用收音机听到了关于他们自己的事情。对路遥的崇拜并不是没有现实依据和理论根据的。

作为一个农民的儿子，路遥对中国农村的状况和这块土地上农民的命运一直非常关注。包括他的大多数作品，内容都是表现他们的，这些作品大多数又都是在这块土地上写出来的。路遥有着非常严谨的创作态度，他认为，你如果是以这里为背景写作，就应该尽可能地在这里写作，就会有现场感，常常需要走出去看一看地理位置和环境是否与现实相一致，不要闹出笑话，或犯一些知识性的错误。

茅盾文学奖给路遥，是路遥生命中最辉煌的时刻，当然也是他笔下的那些农民兄弟德顺爷爷、巧珍、高加林、孙少平、田晓霞们的辉煌，更是这块贫瘠土地的辉煌，这里存在着的是大爱，这里的人民，他们还将在这片土地上寻找与别的地方不一样的东西，寻找属于他们生命内部的一个又一个辉煌。

什么是辉煌，一座宫殿是辉煌的，那里面住的是国王和大臣们，而这个宫殿却是人民建造的。

什么是辉煌，万里长城是辉煌的，那里却掩埋着人民的血汗，它要抵御的是侵略者。

什么是辉煌的，人心的宽广才是辉煌的，有了这宽广的胸怀，就能创造出人间的奇迹。

路遥所崇拜的人民，路遥所致敬的大地和天空，就在他创作的《平凡的世界》里，它已经成为中国新时期的经典作品之一。《平凡的世界》是一部具有史诗性光辉的现实主义杰作。

如果海明威是美国的冰山
如果莫扎特是维也纳的海洋
如果托尔斯泰是俄国的一面镜子
如果马尔克斯是哥伦比亚的一座灯塔
那么，路遥就是中国高原的灵魂
路遥是人民的
他用整个生命写作
他是一棵站在大地上的常青树

1991 年 8 月，路遥（左三）、尚飞鹏（右二）路遥的四弟王天乐（左一）在榆林宾馆合影

燃　烧

本集提示：以路遥创作思想为主线，展现路遥作为文学家所具有的深度以及对社会的深入研究和把握。

另一条主线是路遥与疾病抗争，死亡威胁生命所产生的焦虑。在死亡面前，人是无能为力的，但可以激发人的创造性，同时提前进入对生命终极意义的思考。

采访对象：陈忠实、肖云儒、李星、贾平凹、李焕政、霍世仁、雷涛等。

路遥说：“我进入了工作间以后，就把所有的事、所有的思潮、所有外边的喧嚣全部都赶出房间，我就是一个世界。有人把我的意识总结为‘无榜样意识’，我认为这种说法我还能接受。就是在艺术上我尽管吸收各种各样的东西，但是在精神上我是无榜样，没有榜样，我认为真正有创新的东西是没有榜样的。”

我们似乎谁也不知道，路遥除他已经有的作品之外他还在想些什么。在他那异常活跃的思维里，流动着怎样一些思绪，什么问题留很久，值得仔细思考；什么问题一闪而过，像天空中划过的流星；什么又像山川一样，地老天荒。

路遥常常在作协大院里的一把旧藤椅上久坐，有时候抽着烟，有时甚至昏昏入睡。这个沉默寡言的人，一年四季会有很多的时间在这把藤椅上度过。

路遥有时会为突然想起的一件事激动不已、坐立不安。他有时会找个要好的朋友和同事倾诉，尽快让自己的情绪平静下来，恢复到原状。

一段时期，路遥甚至忧伤到要自杀。那时他看似一帆风顺，《惊心动魄的一幕》和《人生》双双获奖。《黄叶在秋风中飘落》刚刚发表。1984 年电影《人生》被评为第八届《大众电影》百花奖最佳故事片奖。1985 年 5 月又被增选为省作协副主席。按理，他是不应该有自杀的念头的。这个时期的他如日中天，可他怎么会有这样的想法呢？我们也知道，他曾经有三次死亡的经历。

死亡意识对一个真正的艺术家而言是必要的，相对于生的就是死，有了死亡才显得生命尤为珍贵，对生命的崇拜会焕发出伟大的创造力，这就是死亡对生命存在意义的胁迫。

路遥说："具有献身精神的人死的概率比较大一些。"这话不幸也被自己言中，路遥就是具有献身精神的人。他知道自己在这个概率之中吗？

死亡对于路遥而言不是消极的，而是对生命最大限度的认知，是肉体和灵魂共同觉醒的狂欢夜。

一个人的心灵是最真实的世界，路遥的外表不可能完全反映内心的悲痛和快乐。路遥是那种内心世界极其丰富的人，他心里揣着的大喜大悲，也许直到现在未必有人知晓。所以，他本身就是一个秘密，需要不断地揭示、开启……

路遥的燃烧是从里到外的，虽然他的艺术成就是巨大的，但比起他内心的丰富和睿智，表现出来的只是他智慧的一个小角。

路遥是那种用整个生命写作的作家，他写生命，为生命喝彩，赞美生命。

路遥是关心民族和人类命运的作家，是用绝对强大的心理创造和书写民众的作家，用崇高的思想使那些生活在苦难中的青年找到安抚灵魂的精神力量。写作的过程就是生命燃烧的过程。

路遥从七岁开始，就对生命的意义进行拷问与追寻。生命的燃烧是必要的，燃烧的结果是化为灰烬。所谓“春蚕到死丝方尽，蜡炬成灰泪始干”，正是路遥一生的最好评语。从另外一个意义阐释，死亡正是再生。谁都怕失去生命，路遥在延安人民医院实在受不了的时候，他想跳楼，在西京医院也拒绝过治疗，那又能怎么样呢？

1992 年，《延河》第一期发表了路遥的文章《杜鹏程：燃烧的烈火》。路遥在这篇文章中写道：“当他晚年重病缠身的时候，我每次看见他，就不由得想到了自己的未来。我感到，他现在的状况也就是我未来的写照。这是青壮年时拼命工作所导致的自然结果。但是，对某一种人来说，他一旦献身于某种事业，就不会顾及自己所付出的代价。这是永远无悔的牺牲。”

海明威说过：“人可以被毁灭，但不可以被打败。”路遥就是这样一种人，他身上所具有的英雄主义气质，使他成为了一个英雄。这个把他塑造成英雄的人，不是别人，正是他自己。血性的路遥，用自己的生命完成了对理想与价值意义的升华。

路遥的作品里，主要人物大多数是青年人。他也对青年人寄予最诚挚的祝福与希望：“不管从事什么职业，每一个人都可能有自己生活中最辉煌的瞬间，重要的就是你要抓住这个机会，尤其是青年，应该意识到，在一生中应该有一个辉煌的时刻。”

路遥对自己要求非常严格，一直坚持自我反省、自我批判。如果大家都把自己的事情做好了，就解决了问题的根本。作家、艺术家应当具备自省能力、自我批判能力、自我审视能力，这对艺术家来说是至关重要的。一般能成就事业的人对自己都很残酷。

路遥有饱满的政治热情和艺术鼓动性。通过作品可以看到这一点，还可以看到路遥五彩缤纷的情感世界和精神世界。路遥深刻、内在，背负着沉重的民族苦难史，这使他拥有最广泛的思想性。路遥的一生，可以说是在两个幻觉之中度过的，一个是艺术创造的幻觉，一个是哲学思考的幻觉。可以这样说，路遥从始至终是一个理想主义者。

《早晨从中午开始》是解读路遥思考、创作、生活的一把钥匙。他的创作就像在战场上，他是自己的士兵，他攻下了一个个碉堡，占领了很多高地，他必须无条件地服从自己，他只能胜利，即使这是一种自我虐待。自我虐待在别人看来是非常残酷的，然而路遥的创作过程就是如此。

《早晨从中午开始》已经超越路遥写作它的本来意义。它是作者的思想方法论、创作论和艺术实践论的综合著作。它本身就是一部优秀的艺术品，它的哲学意义就在于它本质地反映了人与命运、与落后贫穷势力的抗争。在寻求光明和真理的全部过程中，体现人的最纯粹的本质，让人性放射出人类文明思想的闪光。这本书是路遥文学创作内涵的全面展示，是路遥精神的所在。

路遥的作品及其精神，对现实社会具有强烈的影响，这是因为他无法摆脱现实生活而超越现实生活，所以，他似乎总是在生活的旋涡里打转，总是在黄土高原上盘旋。他的生活经历和长期形成的世界观决定了他的创作内容和风格，路遥塑造的主要人物，也和他自己一样苦苦挣扎在生命的边缘。这些具有现代英雄气概的形象，是路遥作品中一个突出的倾向。

在写完《平凡的世界》第二部时，路遥就病倒了。当时中西医都治不了他的病，他自己特别悲观，觉得中国作家的命运就是这样，长卷作品作家都完成不了，都得死在半道上，曹雪芹写《红楼梦》写了一半死了；柳青写《创业史》也是写了一半就死了。难道自己也写不完了吗？路遥在极其艰难的情况下，完成了他的巨著，他比曹雪芹、柳青都幸运，因为他完成了自我表达。

路遥在大病一场后，按正常情况，应该休息两年再写作，但是他觉得这是一种命运的安排，命运要求他必须把这部作品尽快完成。这样，他决定尽快把第三部写完，哪怕写完就死，即使死了也能死得心安理得。这就是当时路遥最真实的想法，他也是这样做的。

路遥仅一次随中国作家代表团到德国访问，对路遥这么敏感的人而言，他感慨很多。

他说："西德的公民意识就是'我必须要把我所做的事，做成世界上最好的。哪怕是扫马路的，我也扫出世界一流的，我要世界上最好的，我也要给世界最好的。'这就是德国和一些国家为什么有活力的原因。一切都是这样好，这样舒适惬意。但我想念中国，想念黄土高原，想念我生活的那个贫困世界里的人们。即使世界上有许多天堂，我也愿在中国当一名乞丐，直至葬入它的土地。"

西德访问结束，一下飞机听见满街的中国话，路遥的眼泪就流下来了，他说：“走了全世界最富足的地方，但我却更爱贫穷的中国。”

伟大的文学在于人的伟大，伟大的人才能写出伟大的作品。伟大的作品不是固有的，是伟大的作家创作出来的。一个伟大的作品本身就是一个榜样，它的存在就是对错误的批判。路遥就是这个时代的榜样，但是遗憾的是，这个时代太过物质化，使我们的路遥寡不敌众。

在路遥不足半个世纪的生命中，他的创造力远远超过了他生命本身，他的作品以最具生命活力、最具思想深度的方式，以最具生活化的自然性、最具善良和博爱的气质表现出来。他总是以燃烧的烈火般的激情，用严峻的思考，对物质世界以哲学家的眼光加以审视，他是一个具有完美精神力量的创造者，在他所有作品的描述过程中，表现出了非凡的精神世界。他的生命是闪光的，就像海明威、叶赛宁、莫扎特、贝多芬一样，为人类创造出永恒的精神财富。他是一个具有诗性意义的伟大作家，他的作品通过阅读会被一次次激活，以鲜活动人的方式万古流芳。

路遥在准备《平凡的世界》写作过程中，意识到写这么大的作品，首先要看别人是怎样写的，为此他曾研究过近一百部作品，大都是长篇小说。他边看边分析它们的结构，甚至还要批判它。还把 1975 年至 1985 年这十年的背景材料全部翻阅了。如果不了解背景材料，就不可能知道人们在当时背景下是怎样活动的。把这十年的《人民日报》《陕西日报》《延安日报》《榆林报》一天天往过翻，一直翻得手指头的毛细血管都露出来，疼得不能放在纸上，只能用手掌的一侧把报纸翻过去。

大量的重要文章，每一天的大事件，全部都要记下，以便在写作时随时翻出来，就知道哪一天、哪一月，当时中国、世界以及所写的这个生活环境发生了什么事情。

六年时间里，尤其写作最紧张的时候，一天工作都是十六七个小时。有时觉得要死在床上，第二天可能起不来了。

路遥看到外面的太阳特别好，想着能不能出去晒上半个小时太阳。晒半个小时的太阳当然很好，但晒太阳这半个小时的工作量也还得另挤时间完成,可是从哪里挤这半小时呢？所以干脆就算了。时间过得飞快，好像每天都是头一抬起太阳就不见了。

路遥的一生是燃烧的一生，他在这个燃烧的过程中找到了自己，也找到了苦中的快乐，他苦苦挣扎究竟又是为了什么？

路遥是一个思考者，思考是他生存中最为快乐的事情。我们很难找到一种能够准确描述他的词语。如果他思考的结果，对人类社会有作用并促使它健康地发展，那么，路遥的追求是一种代表了底层人群向苦难命运的呐喊。

1991 年初冬，路遥又开始创作六万字的随笔《早晨从中午开始》，写作一直持续到 1992 年初春。

路遥说：“一个卓越的文艺批评家，一种新思想的发现者，不仅应具有高明的理性剖析和概括才能，最重要的也许仍然是首先要懂得生活——历史的、现实的生活，这是一切艺术批评的根基。这样他的批评就不会是脱离作品远离生活的云遮雾罩，就不会有隔靴搔痒或南辕北辙之感，批评首先是准确可信的，然后才能说到深刻和巨大。”

路遥对事物的判断极其敏锐，他总是能够准确把握社会环境对人物的影响，他从不脱离实际编造人物，他的人物在现实中几乎都能找到原型。为此，他的采访手记比作品要多出很多倍，路遥与别的作家的区别就在于他一定要揭示生活中的真相，告诉读者生活中的秘密。

路遥认为："有的作品为什么比较浅，就是因为它没能把所表现的生活内容放在一个长长的历史过程中去考虑、去体察，我们应追求作品要有巨大的回声，这回声应该响彻过去、现在和未来，而这回声只有建立在对我国历史和现实生活广泛了解的基础上才能产生。"

路遥从劳动人民身上学到了一种最宝贵的品质，那就是从不中断在土地上汗流浃背地劳作，即使后来颗粒无收，也不后悔自己付出的劳动。路遥愿意和农民抱有同样的态度对待自己的劳动，他一定度过了许多失败的白天和灰心的夜晚，制造过许许多多文字废墟，但他愿意在这废墟中汗流浃背地耕种。陕北老乡常说："人可以亏人，土地不会亏人。"

《平凡的世界》第三部是在 1988 年 5 月 25 日这一天完成的。但是，写到最后三四页的时候，路遥一时激动得手指痉挛，手指像鸡爪子一样弯不回去，笔都握不住。他把两壶热水往脸盆里一倒，抓起两块枕巾，把手伸到烫水里边，手才慢慢松弛下来，才把最后一章写完。写完最后一个字，他把笔从窗户扔了出去，一下子趴到被子上哭，哭了好长时间，感觉自己像是关了六年禁闭，今天终于被释放了。

我们往往习惯写一个人的苦难，却忽视了他的快乐。我敢肯定，路遥的一生也是快乐的。每当他写完一段满意的文字，每当他写完一篇满意的小说，每当发现了一点善良、一点美丽，他都会陶醉在其中。

当一个伟大的思想出现，代表人民意志的艺术产生，影响时代的智慧降临，它的创造者有多么开心，一种极大的胜利感，就像正义战胜了邪恶的盛大节日，也是自己战胜了自己的节日。

路遥特别喜欢自己的女儿，视她为掌上明珠，他常常因为自己忙于创作而不能为女儿做更多的事而感到内疚。尽管如此，路遥在 20 世纪 80 年代也是最早为女儿借钱买下钢琴的家长，他希望女儿能够受到良好的教育，尽可能在音乐的海洋里得到应有的启蒙。

就在路遥离开西安去延安的时候，也是先找来匠人把房子装修好了，才背上行装走向故乡的大山，他为的是让妻女能有一个好的居住环境。

路遥热爱生活，热爱亲人，热爱朋友，热爱土地，更热爱祖国，这在路遥的作品里随处可见。路遥遭受了那么多苦难，但他的爱从来没有改变。我们常说，榜样的力量是无穷的，我们当然明白，为什么路遥离开我们这么多年了，他的读者还是那么多。

路遥以极大的热情，表现家乡的人民百姓，事实上是一些长年和土地打交道的农民，他要把这些人的生活展示给我们，让更多的人知道苦难是什么，苦难是怎样产生和发展的，并且鼓励年轻的农家子弟学习，上大学，通过个人奋斗，从大山里走出来，认识更大的世界。开阔眼界，拯救苦难的农民，也拯救自己，虽然这是一个漫长的过程，但这个过程已经使生命闪闪发光。

一向喜欢听交响乐、爱唱民歌的路遥，在病情稍有好转的时候，想到了音乐。路遥托人找贝多芬第一到第九交响曲、柴可夫斯基的《悲怆》、约翰·施特劳斯的曲子和山西梆子的磁带，这时路遥的情绪很好，可能是谈起音乐的缘故，病房里顿时充满活力。这些音乐给了他怎样的幻觉和想象，现在已经是一个谜了。

路遥就是路遥，常常有出人意料的文字和思考。他在描写孙少平对知识的渴望，在县城里上学读书的情景时说："当他读书时，他就会忘了自己是躺在一堆破烂被褥上。"这就是路遥小说里对贫穷最高贵的描写，也让我们懂得，诗意的写作是什么，诗意的境界是什么。诗意不是用诗一样的句子写作，而是人物个性创造出诗意的境界。孙少平更多的精神游历，使他的内心世界像哲人一样深刻。

路遥是地道的农家子弟，他无法摆脱肩负的责任感和心理负担，他承受了贫困和饥饿的压迫，这种压迫常常使他喘不过来气，使他陷入忧虑，处于困境。可以说，路遥虽然后来身居都市，但十多年来，他并没有真正走进这座城市，他仿佛试过多次，但始终没有成功。他的心一直在这片贫穷又充满活力的热土之上。于是，路遥的作品是在城市和乡村之间的矛盾和冲突中展开的。路遥希望陕北能在一夜之间富强起来，在与他的多次交谈中，他常常提及这个问题。这正是路遥小说创作的出发点和终点、梦想与现实。

一个人从他坚定地走向真理的这一刻起，在有些人眼里，这就是人生不幸的开始。但谁能知道这是否是他永恒的快乐。路遥就是把自己的心和身体放在火上燃烧的人，越到后来，燃烧得越旺盛。

不　朽

本集提示：路遥走了，他却以崇高的精神力量和优秀的艺术品质，为20世纪或者以后很长一段时间的中国文学史，竖立了一块既平凡又神圣的丰碑。人们怀念他、追思他、敬仰他，这位将不朽的精神留给世界的作家。

路遥在《路遥文集》出版的后记中这样写道：“我庆幸降生于这个伟大而值得自豪的国度。它深厚的历史文化、辽阔的疆土和占地球五分之一的人口，使得其间任何人的劳动都能得到广大的支持，同时也产生广大的影响。无论我们曾经历了多少痛苦和磨难，并且还将要面对多少严酷考验；也不论我们处于何种位置何种境地，我们都会为能服务于伟大祖国和如此众多的同胞而心甘情愿地献出自己毕生的精力和才智。”

1992年11月17日8时20分，路遥离开了我们，离开了他一直热爱和崇拜的大地与天空，离开了他一贯厌恶和恐惧的贫穷与饥饿。

离开了一直使他的心不能安静下来的那个广大而苦难的农村。

离开了他爱过并且给他心灵留下深深伤痛的现实生活。

离开了他不想离开的亲人。

离开了他的很多构思和未完成的宏伟目标。

离开了蓝天，蓝天上的星星；离开了大地，大地上流淌的河水。

离开了。离开了也意味着回来……

1992年11月21日，在西安三兆公墓，陕西各界人士与路遥做最后的诀别。这一天格外的阴冷。白色小花在所有人的胸前晃动，当泪水流淌、哭声响起的时候，路遥啊，你可听见人们对你的呼唤？

路遥啊，你的作品仍在流传，速度很快，很多人热爱你的作品，你活在人们的心里。从另一种意义来看，你没有死，你笔下的人物都有个性和体温。

你创造的人物，你给予了他们呼吸、语言和行动。他们都活生生地按照你的设想，正迈进未来的时代。

我们站在你的墓前不再悲痛，为有你这样一位朋友和文学家而感到骄傲，你是中国文学史上的一座丰碑，你的作品将引领千千万万追求生命价值、追求正义的人不断攀登高峰，使有限的生命散发出无限的光辉。

路遥离开我们这些年，这些年的空白又有谁来填补？路遥走了，我们才知道，这是一个无限的缺憾！

在那座叫文汇山的山顶，你的家安顿在那里，这一次你可以彻底休息了，每天都能晒很多很多太阳。

你生前最喜欢的白皮松，在你的墓两旁，你永远是那种淡淡的微笑，面对起伏的大山，面对日月星辰，你想对我们说些什么？

你说过：“永远也不丧失一个普通劳动者的感觉，像牛一样耕作，像土地一样奉献。”

你离开我们的这一刻，同时也获得了永恒，因为你用不平凡的人生创造了《平凡的世界》。

每一个伟大作品的背后，都有一个伟大的灵魂，那就是它的创造者。

路遥通过作品呈现给我们的是一个个痛苦和快乐并存的生命，美丽和丑恶同在的世界,这个世界被我们的天才称之为平凡的世界，正是由于你的平凡，你才感受到了平凡世界里的不平凡的人生，是你用心用生命创造了笔下的精彩人物。

路遥出身于农家，用整个生命拼搏与追求有价值意义存在的人生。他的个人生活经历，就是小说的原型，他的追求使他成为一个思想家、艺术家，他一直在关注人民的疾苦、民族的命运和整个世界的文明进程与政治格局。

路遥一生的努力，使本来苦难的经历变得明亮、广阔直至辉煌。他的一生是不断燃烧的过程，在燃烧的过程中他挣扎过、呐喊过、痛哭过，但他的整个人生是快乐的，因为他一直在创造，一直在渴望光明，一直在追求真理。他在写每一个作品时，成功地塑造了一个个鲜活的人物时，他找到了快乐，因为他手握真理，就像一个农夫，收获季节站在田埂上望着天边的山峦，手握谷穗和果实，沉甸甸的善良和爱，使他丰富、多情、忧伤……并且快乐！

路遥是快乐的，他爱美甚至时尚，他有时穿一身牛仔服，有时穿一身运动服，春秋季穿米色风衣，在我们身边潇洒走过，我们知道，“人无完人，金无足赤”。路遥也有弱点，任性、敏感、太注重对理想人生的设计，现实中又过于懒散，想抽烟就抽烟，毫无节制。他只抽“红塔山”牌香烟，他喜欢漂亮的外国电影明星，她们的名字他倒背如流，这符合他的个性。我们会突然想起，由他自己改编的电影脚本《人生》，怎么会改写得那么好，那么感动，那么影响广泛？这与他一贯关注电影艺术是有巨大关系的。他喜欢喝咖啡，喜欢一切美好的事物。

在现实生活中，很多人的追求和对待生活的态度不同，表现千差万别，可以说没有两个人是完全相同的，在追求快乐人生的旅途中，往往呈现出丰富多彩的样式。有的人急于求成，又不能踏踏实实地做事，认认真真地做人。而路遥不同，在短暂的四十二年里，写下了雄文巨著，并且以思想的高度和敏锐的洞察力，对社会、人性不断分析和解剖，尤其是城乡接合部，对农民子弟追求奋进的生命体验和心路历程的描写，写出了既平凡又伟大的鸿篇巨制。

在常人眼里，路遥痛苦、贫穷、孤独，基本上是一个苦行僧的形象。没错，是痛苦，只要思考就会有痛苦，只要有思想就会复杂，就会有在别人看来不必要的忧伤。但是，思考又是快乐的，每当感悟出一句人生的哲理，解开一个常人不能解开的心结，他会神采奕奕甚至疯狂地呼喊。

陕西省原省长白清才说：“选一百个省长好选，但要出现一个伟大的作家是非常困难的。”日本学者安本实说：“路遥是中国最早对中国城乡二元社会结构进行描写的作家，他的作品是逼近人性本质的，达到了世界文学水平的高度。”著名导演吴天明说：“路遥不仅是陕北的，也不只是陕西的，他是民族的，也是世界的。”

一位评论家说：“海明威是一座冰山。”我们今天也在寻找一座中国的冰山。对于一个农业大国，在反映农村与城市矛盾冲突的小说中，目前为止，路遥既是开创者又是终结者。路遥给中国文学创造的神话，不仅是一个呈现在眼前的小说世界以及他笔下的人物栩栩如生地活在我们中间，而且打开了一扇精神世界的大门。

路遥走了，我们再也无法要求他改变什么，他已经用短暂的四十二年，为中国的文学事业做出了他应有的贡献。我们可以这样理解路遥小说里的人物，他们活得更长久，甚至是永恒的。

我们因为路遥的存在而骄傲，他的坚守就是一个非凡的存在，他的存在证明了人性的光辉意义。

路遥走了，他再也不会疼痛了，不会了……但他是不愿意离开人世的。

路遥把他的大部分时间和智慧给予了别人，甚至将宝贵的生命献给了文学事业，他总是在付出、给予、奉献，为创作设计一个又一个蓝图和辉煌。他在病中还为作协工作设计美好的未来。

他说过，下一步要写中篇，先调整一下自己的思维。他说，下一步的小说既不是马尔克斯的《百年孤独》，也不是福克纳的《喧哗与骚动》，不是超现实主义，也不是魔幻现实主义，而是不同于所有小说的小说，是一部完全属于自己的小说。我们一直以为，他是可以站起来的，那样的话，我们就可以看到他的新作。路遥怎么就独自离开了呢？丢下了他的亲人、他的陕北、他的朋友、他的《平凡的世界》和这个有时并不让他过于留恋的乱糟糟的世界。他走得那么急，很多朋友都没有与他告别，他丢下了他亲爱的女儿，还有那么多崇拜他的大学生。

他在病床上都不忘要听贝多芬的《命运》《英雄》、柴可夫斯基的《悲怆》以及滋养他并且成为他生命血液的信天游，他爱听山西梆子，他爱唱陕北民歌，他爱跳交谊舞，爱美之心是他善良和智慧的根本。

他已经离开这个世界快二十个年头了，但没有人能忘记他，很多年轻人和大学生还在阅读他的作品。可以这样说，他没有死，死了的只是他的外形，他的精神永远活着。我们相信他常常在不远处看着我们。

每当清明节，他的亲人、朋友和爱戴他的人会以不同的方式祭奠他，有的在他的墓碑前点燃三支香烟，有的捧着鲜花放在他的墓前。他是热爱鲜花的，追求爱情的。他的巧珍、田晓霞、润叶、姐姐，所有他笔下的善良女子，所有他爱过的女子，都来看他，想着他。

追思他已经成为一种社会现象，没有人组织，大家都是自发的，他是好样的，没有给黄土地留下任何遗憾；他是英雄，不是因为他上过战场，也不是因为他炸过碉堡，而是他的行为和精神已经形成强大的人格魅力。

他的品质就像雪花一样纯洁，他始终站在土地和农民一边，创造的作品也始终代表了大多数贫民的利益。

文字的秘密在于创造了精神世界的神话，路遥做到了，他以自己的生命为代价，谱写了一部灵光闪现的巨著。路遥的作品是他给自己写的一部伟大的心灵史，也是中华民族文学宝库中的重要文献之一。

我们毫不掩饰地说，他的创作是与大地连接的根性写作，拥有地域的色彩，他是用他的生命为民族创造了神话和艺术历史的人。黄土地上的山丹丹花开放在群山之间的沟沟岔岔，也是用自己全部的情感唱出了自己与土地紧密相连并且不可分割的关系，这是生命在融合过程中演奏出的优美旋律。

当一颗巨星闪烁着最后的光华消失在茫茫夜空，我们感到整个世界失去了平衡。高山沉默，时间凝固，老天在哭泣，陕北在哭泣，大地在哭泣，黄河在哭泣，无定河在哭泣。

路遥离开了我们，我们活着的人悼念他，因为他是一条好汉，一条陕北的好汉，一条中国的好汉。他坚持书写普通人的命运，并且把普通人崇高的思想和行为推到极致，所以他属于人民。

路遥生前一直在追求真理，从来没有放弃过，他的亲人和朋友，包括我们这些人，曾经抱怨他不会保护自己。我想说，我们没有权力抱怨他。

对于一个真实的人，一个热爱生命的人来说，活着不是一个简单的状态，人的存在一定是一种有意义的存在，人活着要有远大的理想，为实现某一个梦想而奋斗终生。路遥就是这样一个人，他为什么能写出那么好的作品？他为什么拥有强大的人格魅力？因为他是一个高尚的人、真实的人、勤奋的人、智慧的人，所以他才有比别人更多的思考与痛苦。追求真理是最美好的，同时也是最危险的，因为它将揭穿一切伪装的事件，将事实真相告知天下。所以，追求真理的人时刻都处在最危险的境地。我们能理解路遥，一个农民的儿子，在四十二年里经受了多少苦难。

似乎只有通过艺术作品，才能使他的思想放射出强大的光芒。路遥的作品绝对不只代表了他个人的生命价值，而是代表了几代农民对美好生活的向往。他的行为证明了他是以自我牺牲为代价，唤起更多人对生命的热爱。他个人的英雄主义气质，给这个时代增添了强烈的悲剧色彩。路遥是人民的作家，是精神的榜样，是时代的英雄。

路遥在不断否定自己中前行，怀疑和肯定同在，不断调整生命的向度，调整到正确的意志和精神的广阔领域，从来不自满，但是从来都是自信的，吸取大地的力量，使自己有无穷无尽的想象力，真正达成无忧无虑的飞翔。飞翔就是死亡吗？它摆脱了一切桎梏，走向无边的深渊，走向了天堂，他献给我们的是人类可以共同享用的精神财富和物质财富。

路遥，一个平凡而伟大的作家，他的平凡在于书写了人民大众，他的伟大也在于书写了平民百姓。我们在他的作品里找到了他的影子，也找到了他深刻的思想、丰富的情感世界、善良又痛苦着的灵魂。

可以说《平凡的世界》是路遥自己的平凡世界，《人生》是路遥自己的人生写照。它们因为路遥的书写而永存，路遥也因为他的作品和作品里的人物永远活在读者心里。但我们知道，路遥本人才是最鲜活而丰富的创造者。

路遥与路遥的作品永远向脱离人民的统治者挑战，永远向贫穷挑战，永远向饥饿挑战，永远向懒惰和腐败挑战，永远向无所事事的平庸生活挑战。

路遥是底层人群的代表，是人类追求最高精神境界的探寻者。

他要坚守土地，建设家园，使农村快速富强。他要农民进城，哪怕全军覆灭，也要接受新文化、新思想。他要农民的孩子都能上学，从小学一直上到大学，他要让农民的儿女上火星登月球，与世界并驾齐驱。

他知道，学习是改变贫穷最根本的手段，也是一个农家子弟改变命运的唯一出路，路遥本身的奋斗经历就是一个不朽的艺术典型。

阅读路遥的小说已经成为一种社会现象，有专家把它称为“路遥现象”。

阅读路遥作品的读者多数为大学生和打工者，路遥活在为生活谋求出路的工地上、脚手架上，活在校园的每一个角落里，活在广大农村青年的心里，活在只要有理想、有目标、有志气的青年之中。只要翻开路遥的小说，就能给人们勇气和力量，让人们走出低谷，走出狭隘的小圈子，投入到火热的生活中去，投入到给人们带来收获的天地之中。

路遥本人比他的小说更有魅力，他才是最好的一部经典小说。

路遥一贯藐视权贵，对封建腐朽的传统深恶痛绝。路遥崇尚科学，关心国际时事、全球发展。这些关注给了他在文学表现上的深刻和准确、博大与宽广，或者某种预见性的把握与判断，这又是路遥的文学创作与别人的不同之处。

路遥应该在当代文学史有怎样的地位，这不是某些学者和专家说了就能定下来的，这要经受时间的考验，经受历史和读者的双重选择。我们相信，路遥的作品是永恒的，因为他拥有最广大的土地和普通读者。

历史不是一成不变的，就像地球自身的运动一样，历史也是一个不断运动的过程，当一篇小说汇入这样的运动之中，就会由历史来评判，很多被肯定过的作品，因为时过境迁而被淘汰？而一些作品因为具有人类最基本的品质而保留了下来，从现有的情形来看，路遥已经过世近二十年，他的小说还保持着很高的阅读量，这就是最好的说明。

有人认为，描写农村题材的小说就一定是土的。我认为，不管什么题材，只有好和不好，没有土气和洋气之分。

有一种奇怪的感觉，在阅读路遥很多小说之后，发现他的景物描写往往有着特别的感染力。这种感染力不是工笔画，也不是国画，而是油画，大气、细腻，具有深度和穿透力。路遥的审美是非凡的，情感是丰富的，源于内心的敏感和叙述功力诚恳朴实。

把路遥和莎士比亚、巴尔扎克、托尔斯泰放在一起，和凡·高、安格尔、米开朗琪罗放在一起，和贝多芬、柴可夫斯基、莫扎特放在一起，他们都有相通的地方，他们都是一样的，都有一颗美丽的、善良的并且剧烈燃烧的灵魂。否则，就不会有如此强大的创造力以及奋不顾身的牺牲精神和超凡脱俗的才华。

我们找到了路遥精神，我们找到了农民的儿子。

他叫路遥，他从大山里走出，又回到了养育他成长和创造辉煌的地方。

找到了他的起点和终点，找到了死亡。

找到了永恒，找到了一个永恒的家。

找到了一个激励热血青年奋发向上的英雄。

找到了一个平凡的世界，找到了一个非凡的人生。

找到了劳动者，劳动才是最光荣的；找到了献身者，献身就是路遥的精神。

路遥为中国20世纪现实主义文学画上了一个庄严而完满的句号。他以崇高的精神力量和优秀的艺术品质，为20世纪或者以后很长一段时间的中国文学史竖立了一块平凡而神圣的丰碑。

尽管很多人还没有意识到他的伟大。

如果我们把路遥看作一面镜子，会发现我们自己所欠缺的部分，也许会低下曾经高贵的头颅。而路遥精神，正一步一步走向另一个终点，走向梦想的精神家园，走进中国文学史的殿堂。

是的，路遥写出了在人类历史进程中，反映一个时期，具有诗意境界的人物和事件的艺术作品。它就是史诗性的杰作，它就是不朽。

第三辑　我给路遥说

DISANJI
WOGEI
LUYAOSHUO

路遥我给你说
——创作札记之一

2008 年 4 月 28 日，在榆林，我写下了本文这个标题，《路遥我给你说》，今天终于有了阐述它的机会。这次榆林之行确定了由我撰写八集纪录片《路遥》文学脚本，并将结构写出来交给路遥研究会。八集的题目依次是《黄土》《饥饿》《爱河》《立志》《收获》《辉煌》《燃烧》《不朽》。最后完成的作品，也是按照这个结构创作的，没有任何变动。

首先，写作纪录片《路遥》文学脚本是我自愿的，不是商业行为，而是一次艺术创作。我在心里默默地对路遥说：请你相信，我会尽全力，将你的作品、人品以及你的超越现实的思想和政治家的胸怀，创造性地展示在世人的面前。我会努力，我知道怎样用智慧与力量塑造一个真实的优秀作家。

第二次去榆林是 2008 年 6 月 14 日至 7 月 14 日，这是我给自己规定的时间，必须在这一个月内完成初稿。奇怪的是第一集怎么都开不了头，脑子里一片空白，准备了那么多资料，这时候却派不上用场。第一天就这样过去了，第二天仍然如此，一直到晚上 9 点

1983年，路遥在榆林文联创作《在困难的日子里》

左右，还是没有写出一个字。我突然想抽烟，而且有意识地买了路遥爱抽的“红塔山”牌香烟，这样一边抽烟，一边思考，开头有了，第一集在16日的深夜完成。

当我重新阅读路遥的作品后，已经有一个清晰的路遥浮现在我的眼前。这个实际上没有多少人理解的路遥，他的心灵深处不是一般的脆弱，可能他的亲人、朋友、密友，不经意的一句话就会伤害到他。说路遥伟大，倒不如说他有一颗善良的心，有一个智慧却勤奋的生命。

在我写作纪录片《路遥》文学脚本期间，正在进行欧洲杯足球赛。路遥喜欢的德国队，号称“德国战车”的德国队首战不利，在与荷兰队的开局比赛中1 ：0失利，这给很多人造成了很大的打击，而德国队是慢热型的球队。在此后的比赛中，逐渐有了状态，终于闯入了决赛。这不是偶然的，这是一支靠实力而战的球队。我想象路遥如果活着，在观看时会发出怎样的声音。决赛开始了，那是2008年6月30日凌晨2：45，我照常醒来，在黄健翔激情而具有魅力的解说下，所有人处在亢奋之中，而冷静的时间并不因为人们的欢呼声而提前一秒或者推后一秒，然后德国队在西班牙队的多次射门中进球了。沉默的德国队，没有在反攻组织中成功进球，这就是足球。路遥也会理解赛场上出现这样或那样的问题和错误，也许没有错误才是一场球赛中的最大错误，错了也许才会进球，这可能就是现实生活的奥妙所在。

路遥是在独木桥上行走的人，他把很多人都让到了前头，而他自己却退回到起点，重新捡起崇高、善良、完美这些词出发，他用这些别人已经抛弃了的美好武装自己。他所包容的是我们其他人所不能包容的、不能忍受的。

我的写作是很艰难的，时刻处在一片茫然之中，因为路遥的高度不是一下就可以达到的，我必须耐心而踏实、谨慎而机敏。路遥的一切特征，就在他的作品之中。路遥的作品里到处是闪闪发光的珍宝，我一开始就确定，要找路遥精神，就应该在路遥的作品中寻找，这无疑是一个正确的选择。

我常常苦于无法从中选出我需要的部分。跟路遥打交道，必须了解路遥的灵魂，否则写他一定是失败的。我在看作品的过程中会有一些记录，这些都是出于我自己对路遥的理解，将这些看似不起眼的小段连接起来，就是一个完整的路遥。

我写路遥，不想重复别人，当然除了一些永恒不变的东西，诸如出生年月、作品写作的时间、去世的时间或他的简历，我都努力用更大的空间来把握他的存在意义，尽量用朴素的语言和现代的思想表述。路遥是那种从不服输的人，要做就一定要做到最好。是他把自己推到悬崖上了吗？这显然是其中的一部分。

从让我来撰稿到规定的交稿时间一共有四个月，对于我来说当然是非常紧张的。写完以后，我算了一下，这四个月的时间是这样安排的：先是用了四十五天的时间读路遥的作品，包括各类与路遥有关的采访和文字，大概有两百多万字，即使是重读，也会看到头昏眼花的地步。这是准备阶段。之后用一个月的时间把八集的初稿写出来，这一个月，我的基本安排是三天一集，每集六千字左右。剩下的四十五天时间用来修改，在三校稿的过程中不断推敲完善。

写到最后两集的时候，我的情绪基本上和路遥写《平凡的世界》一样，焦灼、烦躁，一种莫名的精神困惑随时袭击着我。在一个月的写作中，我谁也不见。这里是陕北，我在这里生活和工作了二十七年，我有很多朋友、同事，还有自己的弟妹，一个电话就可以让他们过来交谈或者狂欢，但是我为了保持写作的纯粹性，我坚持写《路遥》要有与路遥一样的心情和相匹配的境界。有时真想跟人交流，但又怕妨碍了写作的进度，最害怕的是，这种好的写作状态被破坏。如果在一个月的时间内拿不出初稿，就是一种失败，这当然是自己规定的条文。

但是，这种烦躁的状态怎么办？它使创作无法进行。从西安出发的时候，我是准备按正常规律去写的。所以，带了乒乓球拍子，想在写作之余打打球。事实上，一旦开始写作，进入一种创造性的写作时间里，就不可能抽出任何时间自由活动了。通过这次写作，我就更理解路遥在完成《平凡的世界》写作过程中所经历的艰难困苦，那是常人无法想象的超强度劳动。

我本来戒掉的抽烟习惯，因为第一集开头不顺买了一盒烟，现在随时可能复发，一直坚持着不去主动买烟，奇怪的是，写最后一集时，又写不下去了，出现与第一集同样的症状，又想起那个好主意：和写第一集一样，买一盒“红塔山”牌香烟。抽这个牌子的烟，既能使我的寂寞减缓，又能体验路遥创作时的状态和感觉。于是，“红塔山”的烟雾在我的房间开始弥漫，路遥肯定知道了我的用心，当晚写完第八集，终于画上最后一个句号。

写《路遥》需要一个跟路遥一样坚持、一样善良、一样正在写作境界里的人来完成。我可能是最合适的人选，因为我坚持了三十多年的诗歌创作，就像一个战士，从来没有离开过战场。

当决定由我来撰写《路遥》的时候，我对路遥弟弟天笑说，决定了让我写，那我就是世界上最好的、能写出路遥精神的人。试想如果不是让我来撰写，那么，不管让谁来写，我又怎么能放心得下呢？当八集大型纪录片《路遥》文学脚本在2008年8月30日前，按规定的时间拿出来之后，本来预定的研讨会因为经费问题被取消了，也许是对的。

路遥生前就很厌恶这样的作品研讨会。我们知道，现在的研讨会，往往是用钱来买专家的好话。说心里话，我们不需要这样的好话，我们最需要的是批评！而又有谁来批评呢？现在，不学无术的理论家和混吃混喝的作家居多，那些没有创作实践的作家，或者脱离现实、没有正确艺术方向的理论家，如果花了很多钱买来的是他们的错误的批评或不切合实际的赞扬，还不如不搞这样一个研讨会。让他们胡说八道一通，那样岂不是浪费时间和钱财吗？

在写作这个纪录片之前，我的感受是，写路遥首先要学习路遥。我一直也认为，诗歌的创作首先是修正自己、教育自己、改造自己，只有自己是自己的榜样，才可能成为自己和大众的经典。其实，我是最爱自由的人，一切束缚对于我都是枷锁，我必须挣脱它才能成为真正的人。在追求自由的初级阶段，真正的自由是得不到自由的，因为首先献出的是没有自由的挣扎与反抗，在这个过程中，争取自由者的生命可能会消失，为争取自由而成为没有自由的刀下之鬼。

1994年，我出版第一本诗集《情王》，路遥离世已经两年。当然，路遥没有看到我的诗集。我还是将一封写好的信和诗集寄给了他。邮寄地址是“陕西省作家协会西安市建国路81号”，我想让路遥看到这本诗集。他一定收到了，也一定看到了！

所有的公民，都有权利崇拜他们愿意崇拜的作家。路遥离世后，几乎很少有官方搞的纪念活动，而在民间，在普通人的心里，在大学生的手上，在农民工的床头，有路遥的著作，他们都在读路遥的作品，这些人才是路遥的忠实读者。我们知道，路遥是人民的作家，他始终站在民众的立场上，活在最有活力的底层，一个奋发向上的阶层。

有的人不喜欢路遥的作品，这是正常的，正如我喜欢路遥的作品，他们却不能理解我一样。世界就是这样，当你用宽容的心去理解和忍让别人的时候，别人也许会恩将仇报。我原来想不通，现在想通了。应该原谅他们，即使他们这辈子不明白，下辈子也许会明白的。即使我们没有耐心等待他们，而时间有耐心等待任何人的错误得到改正，或者等来的还是错误，这也没什么，因为世界本来就是这个样子，世界不可能整齐划一。每一个人都是个体，重要的是不要去有意伤害别人，这应是做人的原则。

我一直坚持不妥协地诗歌创作，我没有总结过，也没有立下誓言，实际上我就是这样做的。不妥协地写作，应该是有内容的，否则就是一句空话。我的不妥协写作原则是，不为资本家写作；不为权势写作；不为任何黑暗势力写作。这三个“不为”恰恰又成为我写作中批判的对象。三十多年一直坚持这样的写作原则，我相信我会坚持到最后。

路遥在20世纪80年代，尤其是在创作《平凡的世界》期间，顶着很大的压力，当时各种文学流派在中国大地上铺天盖地。包括有些路遥的好朋友也开始对路遥的创作产生怀疑，认为现实主义的写作是没有出路的。当路遥了解了这些流派后，更加坚定了信念，只有站在人民大众的立场上，写自己想写的内容，用自己生命铸就艺术思想，才能创造出一流的好作品。路遥不是保守的作家，相反他很现代，这在他的作品里可以感受到。说到底，现代不是时髦，不是时尚，也不是文化思潮和形式主义的方法论，而是人性和精神的艺术品质。

一个艺术作品，有一个好的标题是很重要的。一个好的纪录片，有一个好的片名是很重要的，尤其是人物片的片名更重要，应该越简单越好。原先为什么取名为《寻找路遥的足迹》，我不知道，但我一直主张用《路遥》这个片名，因为它直接、准确，没有语言和时间的过渡。好在最后就定了这个片名，路遥在九泉之下也会高兴。

路遥大我五岁，我和路遥并非同事，更不是亲密的朋友，只是见过几次面，彼此有好感，并能谈到一起的老乡而已。在写作《路遥》期间，我常常为路遥的苦难历程而感动，有时抑制不住流泪，有时想号啕大哭，这究竟是怎么啦，我也理解不了自己。这是为路遥的苦难和追求的艰辛哭泣，或是为他所敬仰的崇高而哭泣，是不是也为我自己的冤屈哭泣……

2014年8月于西安

路遥我给你说
——创作札记之二

1. 要写好纪录片《路遥》文学脚本，必须谨防“高、大、全”。

2. 把握朴实、大气、高贵、平凡、底层人群的情感，这些大概就是体现路遥平凡人生的基本方向。

3. 用艺术的叙述方式，用文学语言的色彩，表达真实的现实生活。

4. 将这些朴素的事件高度提炼，不能让它平淡无奇。

5. 贫困地区的农家子弟是中国社会中最活跃的部分，路遥的作品正是他们最好的补养品，所以他的作品是永恒的，是有志者追求奋进的长青之树。

6. 拷问现代社会精神迷失的缘由，加强对陕北与外部世界的思考与联系。

7. 路遥的爱情世界和生活场景不在别处，要在他的作品里寻找。

8. 路遥的政治抱负一直无法实现，他的大志在失去政治前途后，转向文学创作。他在文学创作中的统领才能，就像一个将军和领袖一样，指挥千军万马，掌控更多人的生死大权。与世界的发展并驾齐驱。

9. 陕北是敞开的，从古到今经历了无数次战争和融合，接纳了多民族文化的交流。就是现在，我们在农村到处可以看到一个个村落、一个个农家的院子是没有围墙的，路遥就生长在这样四面敞开的大山里。很多小动物在人的居住地自由出入。这里的陕北人很容易与大自然毫无阻隔地交流，与在窑洞里生活的人生融为一体，虽然地处偏僻、远离大都市的陕西之北，但这里的人们从来没有缺失心灵的自由。路遥心灵的自由对行为自由的需求是发自生命源头的渴望，这一定与陕北的地貌有关。

10. “文化大革命”对路遥的洗礼，不但没有挫伤他的锐气，反而使他迅速地成长。如果说生活中的苦难是毒药，路遥却把这毒药当成营养一样吸收。路遥过早地认清社会发展的不可逆转性，是使他一腔热血的政治抱负悄然转向为文学的理想而奋斗的诱因。

11. 人的生存状态决定艺术的表现力与内涵。在陕北，一条横贯大片土地的无定河与黄河是流动的话语，是生命交流和沟通的活化石，黄色成为生命的底色。黄河文化对陕北文化的影响与作用是不可估量的。

12. 农耕文明与游牧文明同在的矛盾，与外部世界的隔绝，多元文化的交流与矛盾，战争史，使这里的生命既迅速成长又迅速死亡。

13. 工业文明出现之前，中原农耕文明繁荣，使北方游牧民族长期进犯中原，这反而使这里的居民勇猛、有血性。

14. 一个民族心灵遭受到重创的时候，我们的命运向何方呢？

一个没有或者说是丢失了哲学灵魂的人，再也不能有任何闪失的时刻，它的出路在哪里？路遥的思考、路遥的小说创作，又是从什么地方开始解剖这个具有五千年历史的传统？

15. 城市和农村开始结合，路遥与贫瘠土地的拼搏与斗争，并不是他一个人的拼搏，而是整块土地上人与贫穷的斗争。对土地又亲又恨的矛盾，是这块土地上祖祖辈辈人民的生命本质。在这种矛盾的搏斗中的结果是越斗越爱。越来越爱的结果是永远不肯舍弃，永远相依为命。

16. 在现实生活中，很多人的追求和对待生活的态度各有不同、千差万别，可以说，没有两个人完全相同，在追求快乐人生的旅途中，往往呈现出丰富多彩的样式，有的人急于求成，又不能踏踏实实地做事，认认真真地做人。追求名利成为首选的目标，结果容易半途而废。这些急功近利的人就是每天把自己的名字写在大街小巷，也不会被别人记住。而路遥不同，在短暂的四十二年里，写下了雄文巨著，并且以其思想的高度和敏锐的洞察力，发出对社会和人性的不断追问。

17. 路遥是痛苦的并且快乐的。在常人眼里，路遥痛苦、贫苦、孤独，基本上是一个苦行僧的形象。没错，是痛苦的，只要思考就痛苦，只要有思想就丰富，就会承受在别人看来不必要的忧伤。但是思考是快乐的，每当感悟出一个人生的哲理，解开一个常人不能解开的心结，他会神采奕奕。

18. 忘记是哪位评论家说过，海明威是一座冰山。我们今天也在寻找一座中国式的冰山。对于一个农业大国，在反映农村与城市矛盾冲突的作家中，到目前为止，路遥既是开创者又是终结者。

因为他离去的这十七年来，已经证明这样的题材反映，确实已经成为空缺。路遥给中国文学创造的神话，不仅是一个呈现在眼前的小说世界，他笔下的人物栩栩如生地活在我们中间，而且打开了一扇精神世界的大门。我们可以这样说，他小说里的人物应该活得更长久，甚至是永恒的，这就是路遥的伟大之处，他塑造的人物不死，他就不会死。

19. 路遥的精神究竟是什么？当我们打开他的著作《早晨从中午开始》，就打开了一座宝藏。我们知道，我们正在靠近这座宝藏。只有一点一点地攀登，才能爬上山顶，爬上了山顶，才能看到他的全部。我们正在一步步靠近他，他也许是冷漠的，对于我们这些不速之客，他并不热情，这要看我们是否与他的意愿相符、兴趣相投。假如我们站在背离人民群众的一边，他就会不高兴，对我们不理不睬；假如我们站在人民的立场上，他就会双手欢迎我们，捧出最灿烂的笑容接待我们。

20. 路遥走了，我们再也无法要求他改变什么，他已经用短暂的四十二年，为中国的文学事业做出了他应有的贡献。我们无论如何不能要求他再为我们做什么了，也不能让他纠正什么，他走过了完整的一生。对，完整，绝不是破碎，不是。

21 让一个国家强大起来，就是要让每一个个体觉醒。路遥的小说是用这样一些朴实的事件和语言完成的，他并没有空洞地描述，讲无边无际的大道理，而是始终关注和鼓励个体的追求。如果每一个人都在追求真理，每一个人都在改变自己，这个国家就会变得更好。每一个人都富裕和文明了，那么这个国家还会沉睡吗？

22. 对于路遥的文学成就以及路遥这个人，我们不能就事论事，你喜欢他，他不是你的；陕北人喜欢他，他不是陕北的；中国人喜欢他，他也不是中国的，他应该是世界的。任何一种文化现象扩大成一种社会现象时，它的本质就产生了改变。任何一种地域化的解释都是弱小的甚至是无力的。

23. 路遥在创作《平凡的世界》准备阶段，阅读了近百部中外名著，翻阅了近十年的报纸杂志，这些工作能说明什么呢？他的准备难道不是为了更准确地把握中国社会的走向以及各个领域的现状和发展情况吗？路遥的创作告诉我们他的艺术观、人生观、政治观，甚至社会发展和农民的命运、国家的命运的紧密关系。路遥有着博大的胸怀，他的创造的确不是为了愉悦。我们不反对愉悦，也不反对轻松而快乐的娱乐文化，但人不只是为了快乐，在追求快乐的同时一定会付出代价，这样就不能放弃深刻、深沉的思想。人类的发展需要每一代人艰苦的努力和悲壮的牺牲。我们不鼓励牺牲，但不能拒绝有益的坚守和奉献，世界上哪一种文明不是通过卓绝的奋斗才能够取得成功和流芳百世的？

路遥我给你说

——创作札记之三

24. 路遥的文学作品之所以多年来阅读量始终排在前列，是因为他的作品中所具有的那种强大的崇高感、平民化，健康向上的精神力量，鼓励个体自我奋斗，有一种让弱势群体站立起来的精神作用。路遥就是靠着强大的理想主义支撑现实生活的，是个人奋斗的榜样。有人在经济发展的繁荣景象下嘲讽理想主义，这是无知而可笑的。人性的光辉不是一个钱字可以概括得了的，人性本身也不是富裕能够代表的。人性是人类存在的基本，它是终极的精神意义，离开它，一切的存在将失去价值和方向。

25. 路遥的小说中充满了人性光辉，随处可见的温暖就是最好的证明，同时也温暖了读者的心灵。你是求学上进的学子，你曾经艰苦追求真理和正义，你现在正在追求或者将要开始发愤图强，都能被路遥的小说感动。

26. 物质的关怀与给予是一种眼睛可以捕捉到的实物，而精神的传递不仅看不见，而且做起来也比较困难，因为它比较抽象。文学艺术的价值就在于此，它是一种精神的传递，作家能够做到的就是敞开心灵，让奉献和给予的情怀变为本能，而不是保全自我的那种自私的、占有和掠夺式的写作。路遥是奉献型的作家，他没有角色转换的过程，他就是农民的儿子，这就是他写作的立场和出发点，也是终点。

27. 路遥的写作是有根的写作，他小说里的主人公几乎都在苦苦地追求，但最终又回到了故乡，这个安排也许是路遥精心设计的。那么，路遥的真实想法是什么？难道他不期盼他笔下的人物走进城市，加入城市，改变他的人生吗？也许，路遥看到了更多的困难。也许，今天的农民工问题，就是他当时的疑虑。

28. 我们可以猜想一下，路遥如此热爱故土，他是一个不愿意舍弃土地的人，他的血脉是连着故乡大地的血脉的。那么，如果离开农村奔向城市，是不是他的人物与土地的血脉就断了？一个断了血脉的人，就断了与土地的传承关系，这是我的设想。但有一点是必然的，在路遥的灵魂深处，土地是永恒的，土地是必须有人来坚守的，需要保护的，不能离弃的，每一块土地都需要抚慰、需要美化，何况故乡。

29. 今天，在经济繁荣和工业文明发达的情况下，在金钱和权力的重围中，分享路遥的作品，分享他在世时的荣耀与悲哀。路遥是农民的后代，他目睹了干旱、歉收、祈雨、饥饿，靠天吃饭的陕北使他以及所有陕北人满怀对丰收的渴望，对填饱肚子的渴望，他的胃也习惯了对陕北饭的期待和渴望。路遥对小米稀饭、洋芋馇馇、荞麦饸饹、羊肉圪托、杂面抿节、腌白菜以及玉米棒子、揪面片等的热爱说明了一切。对于路遥而言，山珍海味并不重要，也不喜欢，直到临终，他对陕北饭食表现出极大的留恋和喜爱。一个人的饮食习惯是童年培育起来的，就像路遥的品质一样，是一个贫穷土地养育的结果。始终站在土地和农民一边的路遥，创造的作品也始终代表了大多数贫民的利益。

30. 路遥的作品也是他给自己写的一部心灵史，是中华民族文学宝库中的重要文献之一。文字的秘密在于创造了精神世界的神话，路遥做到了，他以自己的生命为代价，谱写了一曲灵光闪现的巨著。我们可以毫不掩饰地说，他的创作是与大地连接的根性写作，具有地域的色彩，他是用自己的生命为民族创造了神话和艺术历史的人。黄土地上的山丹丹花是开放在群山之间的、沟沟岔岔的，它用自己全部的情感唱出了自己与土地共振的优美旋律。

31. 我们每一个人都想看到更大的天空，踏上更广的土地，而心灵的宽广也许对一个正直的人而言会更重要，路遥比别人获得了更多的珍宝。虽然路遥的物质条件并不好，就算他一个人脱贫了，而他的父母和兄弟姐妹呢？就算他的家族脱贫了，而那个广阔的黄土高原上的人民呢？路遥来自心灵的负担正在于此。他没有只想自己，他想到的是一个陕北，一个贫民阶层。一个民族最基本的生存出现的问题，这才是需要彻底解决的核心问题。在陕北十年九旱的现实环境中，不是谁能在一夜之间改变得了的，而更大的问题是我们的态度、方向、意志和情感出现的问题，纠正这些问题的最重要之处是，改变人的观念和腐朽的制度，路遥不可能没有想到这些。

32. 把握现实的创造，解决现实的问题，永远是问题的关键。但是盲目地崇拜，人类也是会犯错误的，因为人不能胜天，也不可能超越自然，一个既不了解历史，又不懂得现实的人，是没有未来的。未来是历史和现实准确判断的结合，有正确的决策，才能赢得未来的成功。路遥《平凡的世界》的预见性是可以想见的，我们现在看这部小说依然觉得新鲜，因为人性是永恒，路遥正是把握住了这一点，才使他的人物会存在得更长久，艺术生命更具有活力。

33. 路遥事实上一直在给自己增加难度，无论是做人还是写作，他一直保持着这种深刻的高度。有人不给自己设置难度，路遥办不到，他一定要在自己的掌控中写作，否则，思想和写作可能会成为毫无约束的放任。

34. 路遥在不断否定自己中前行，怀疑和肯定同在，不断调整生命的向度，调整到正确的状态，精神的广阔领地。从来不自满，但是从来都是自信的，汲取大地的力量，使自己有无穷无尽的想象，直到死亡才真正达成无忧无虑的飞翔，飞翔就是死亡吗？他摆脱了一切桎梏，走向无边的深渊，也就走向了天堂。

35. 广岛离西安有多远？日本的一个女孩子在飞机上阅读《平凡的世界》，她将两张名片给了同机的曹谷溪先生，并且嘱托他给路遥的墓上放一张名片。

36. 路遥与我1989年在壶口相遇，我才有幸听到他唱陕北民歌。他的声音浑厚，像一片滚过天空的乌云，感动得我热泪盈眶。后来我将此次经历写成一篇文章，叫《民歌的路遥》。谁敢说，路遥的灵感和智慧不是来自陕北民歌和音乐的启示与召唤！

37. 在写作《平凡的世界》的时候，有一天路遥突然三番五次打电话叫弟弟到自己的身边，弟弟一进门他就痛哭。弟弟问他怎么啦，他说：“大事不好了，我的田晓霞死了。”路遥常常沉浸在自己的小说人物中。

38. 陕北当地有一种风俗，谁家快要生孩子，就在门外挂一张桃木弓。路遥是家中九个孩子的老大，这张弓挂了没有不知道。这一定是尚武时代流传下来的习俗，这张弓对于路遥是否起了作用？后来的事实证明，这张弓变成了笔，他没有用弓箭射天上的太阳，而是把语言作为一种武器，解释生命的意义和力量。

39. 在路遥未到伯父家之前，他在山上砍了一大捆柴。而头一天晚上父母商量让他去大伯家的事，妈妈是舍不得让路遥走的，经过反复考虑之后还是决定让他去，因为能吃饱，有饭吃就是享福，况且还有他的奶奶在大伯家，路遥的奶奶是最疼爱路遥的，所以最后决定让路遥过继到在延川的大伯家。

40. 路遥喜欢冬天，喜欢无定河的流凌期，喜欢下雪的日子。

41. 在黄土高原上，带来一切生气，灌溉庄稼、孕育生命的就是黄河。第一次见到黄河的路遥，大概在他青年时代，感到巨大的震撼。我们在照片中看到他身后的乾坤湾，正是 20 世纪 70 年代的一个缩影。

42. 任何青春相对于时间老人，都是微不足道的渺小气象，而人心是强大的、辽阔的。1989 年的 7 月我独自来到壶口，始料不及的是，当我感到恐惧与孤独的时候，路遥来了，这位在中国已经赫赫有名的大作家。同行的还有路遥的弟弟天乐、电视台女记者、司机。

43. 2004 年冬天，路遥的弟弟王天乐在榆林见到我说：“1989 年咱们在壶口见面，我们老远就看到黄河滩上有一个人在徘徊，谁也看不清是谁，我哥（路遥）在车上对我们说‘这个人如果不是普希金，就是莱蒙托夫’。”我听后非常感动，也让我更加自信，对孤独的心灵也是极大的安慰。这次写纪录片《路遥》文学脚本是我们之间的缘分，也算是一次对路遥的回报。但在纪录片里，我没有写这一段，也没有说出实情。包括路遥纪念馆，我也没有提供我和路遥的照片，我是不是太拘谨，太不尊重事实了？

路遥我给你说

——创作札记之四

44. 汹涌的黄河究竟给了路遥什么？什么原因使这位作家一次又一次地来拜谒这条开创了具有五千年历史中华文明的黄河？路遥手中的香烟缭绕，他独坐于壶口的喧嚣之中，他究竟在沉思什么？

45. 一切创造都始于疯狂和沉思的契合，路遥那气吞山河的长篇巨作，不正是感受于这条河流的巨大声响和排天巨浪吗？

46. 在我们的生活中，往往一个大自然的信息，会引发我们做出某种伟大的选择。路遥在每一次的创作之前，都要回陕北，回他的老家看父母、看山川、看黄河。

47. 离开壶口，路遥在车里唱道："青天蓝天老蓝天，杀人的老天不眨眼……"他那男低音式的带有浓重陕北鼻音的歌声，在晋陕峡谷回荡，似乎有泪水缓缓流下，与那天上来的黄河之水融汇在一起，不分昼夜一路奔向大海。这首苍凉的民歌与路遥内心的凄冷究竟有着怎样的联系？

48. 如果我把路遥的作品称为中国健康无害小说，并且是中国传统与现代精神的血脉传承，会不会有人反对？众说纷纭的现象是正常的，而岁月从来都没有因为众说纷纭而停止。

49. 如果我把路遥的写作归类为真实的自我心灵体现，并且具有大多数普通人生命价值的创造，他是有理想主义和英雄主义色彩的现实主义伟大作家，会不会遭到小说界的反对？显然这就是路遥与别人的区别。

50. 路遥是那种具有中国硬汉特质，并且内心坚强而不屈的书写者。他的作品把自己的生命与老百姓的命运放在一起炙烤，这是何等的境界。

51. 路遥的精神还在于对时代和人生的真切认识，用其纯真的理想，支撑东方近代文明缺失的英雄主义式的写作信念，这种英雄主义的强大背景是站在受苦人的立场上形成的。

52. 质疑与反抗，在有关路遥的言谈和文字中并不多见。作为一个现代知识分子，一个追求大师风范的作家，他应该在这方面有所表现。由于路遥具体的个性以及他的敏感，会习惯性地抑制和减少公开表达的可能，但在其作品的人物中，戏剧性地表现了他对现实的拒绝与批判，这在《人生》和《平凡的世界》等诸多作品都有所表现。可以说他笔下的主要人物从来就是边缘化的，他们不仅在现实生活中找不到位置，更得不到最起码的温暖和生存的可能，这就是证据，这就是他的批判性。

53. 在路遥的笔下，他的主人公几乎都是从农村走进城市，纯真的心灵在都市中挣扎和碰撞爆发出激情和愤怒。从这些故事的描述之中，我们终于看清路遥，一个现实主义作家用现代手法书写生命状态。

54. 路遥就是那种在拷问心灵和命运的前提下，反思和怀疑构成了自我强大的胸怀，不依赖任何既成的价值观和世界观而从事写作的作家，在不追逐名利的灵魂深处，自觉地、真实地、有创造性地完成自己的使命。

55. 路遥的创作是一个个体生命与另一群生命的对抗，他选择了善良，选择了人民，选择了追求和探索，选择了真理和正义。路遥在陈家山写《平凡的世界》时与矿工们一起下矿，一起劳动，体验矿工的艰苦生活，当他和矿工们一同抬起那几百斤的大石时，谁能知道他正身患重症。路遥始终保持着一个农家子弟的劳动本色。

56. 陕西省原省长白清才说："选一百个省长好选，但要出现一个伟大的作家是非常困难的。"

57. 路遥曾阅读《创业史》七遍，他崇拜柳青，并尊为导师。路遥说过："到目前为止，能读懂秦岭的只有这个老汉（柳青）。"

58. 路遥创作的准备工作，谋篇布局的能力在目前中国的作家中无人能匹及，他的认真和踏实，使他付出了生命的代价。路遥给中国文学创作树立了一个典范，这个高度目前无人能超越，我们只有在路遥不在之后，才能体会到他的重要，他对中国文学的贡献以及失去他的损失显而易见。

59. 也许在20世纪80年代，因为有了路遥的存在，他的作品影响广泛，才使一些人不敢胡编乱造，制造虚假的文学繁荣。伟大的文学在于人的伟大，伟大的人才能写出伟大的作品。一个伟大的作品本身就是一个榜样，路遥就是这个时代的榜样。但是遗憾的是，这个时代太过物质化，它让我们的路遥寡不敌众。现在也一样，一些只注重形式的，只知其一不知其二的，所谓的现代主义作家，对路遥的作品不屑一顾，完全反映出他们的无知与浅薄。

60. 在路遥不足半个世纪的生命中，他的创造力远远超过了他生命本身，他的作品以最具生命活力的方式，以思想深度，以生活化的自然性，以善良和博爱的气质，用现实主义的风格表现出来。

61. 他总是以烈火般的激情，用严肃的思考，以哲学家的眼光对物质世界加以审视，他是一个精神的创造者。在他所有作品中，表现出了非凡的精神世界。他的生命是短暂的，就像海明威、叶赛宁、莫扎特、贝多芬，为人类创造出永恒的精神财富。他是一个具有诗性光芒的作家，他的生命通过作品会被更多的阅读者复活。

62. 路遥去世后，安葬在西安烈士陵园。之后，霍世仁、曹谷溪、申沛昌、赵兴国、白崇贵等人，以及生前好友和一直帮助、支持他的人，经过长期努力、多方协调，才将他的墓迁至延安大学文汇山。

63. 历史文化对路遥的影响甚大，这是显而易见的，而黄河文化对他的影响更大，这并不意味着陕北干旱缺水就没有黄河文化，恰恰相反，对水的渴望会创造出更加丰富的水文化。陕北的水系包括无定河、大理河、洛河等，它们都流入黄河，黄河是陕北的生命河，是陕北文化的核心。

64. 中央红军到达陕北、毛泽东在陕北创作《沁园春·雪》、北京知青来陕北插队，对陕北的当时文化有一定的影响，实际上是一种民间文化与革命文化的交流，它们对路遥的思想和小说创作产生了巨大的影响，这种影响既有正面的也有负面的。

65. 从世俗的观念理解，在路遥短暂的一生中，有很多人帮助了他，而他却没来得及报答这些恩人和朋友。从长远的观点看，他的创作不是私有财产，而是社会公共文化中的财富。所有帮助过路遥的人，其实是一种对公共事业的积累和奉献，具有潜在的价值和意义。

66. 萨义德在《知识分子》一书里说："时时维持着警觉状态，永远不让似是而非的事物或约定俗成的观念带着走。"就像我一贯主张的，荣誉可以缺席，唯一不能缺席的是对社会事物中存在的污点的批判，其中的道理路遥不会不知道。

67. 撰写《路遥》我思考了很多，有人批评陕西作家是农民作家，这个没错。其实，这就是陕西的文化传统，这个传统是有继承人的，从柳青、路遥、陈忠实、贾平凹等，我们可以看出，这个传统是合理的，包括一批农民评论家以及阅读作品的读者。所以，我们看到，陕西在开"陕西文学三十年"会议的时候，说的全是小说，其他种类一律免提，这是陕西的悲哀。由此，我想到诗歌在陕西的一再边缘化，就不是一个非常奇怪的现象了。

68. 关于陕西的诗歌，李震先生曾写过一篇文章，题目大约是《陕西诗歌没有坛》，这是对的，因为陕西从来就没有建起一个坛，这是因为不管在新中国成立前，还是新中国成立后，陕西的诗歌界从来就没有出现过领军人物，领军人物不仅要写得好，而且要有组织能力和人格魅力，就是现在的陕西诗歌界也缺少这样的人。陕西小说的发展，就是因为一直有领军人物，到现在已经形成了一个传统。我们不要忘记，在陕西的这些优秀小说家中，路遥、贾平凹、高建群都是以诗歌创作走上文坛的作家。

69. 可以说陕西本土的现代诗歌没有传统，没有传统不等于没有诗歌，诗人是有的，甚至有伟大的诗人。但传承是一种精神，并且成为继续向前发展的动力，这个传统似乎一直缺失着。我们诗人自身也有问题，比如，缺少一种公共的诗歌意识，都是散兵游勇、相互排斥。当然我们不缺少好诗人，而缺少全心全意为诗坛服务的人，这个人不是选出来的，而是一种心灵的导向。从这个意义上说，在陕西，路遥写小说是幸运的，他在这个传统里成长，成为参天大树而常青。

坦诚地讲，路遥的出现，升华了陕西及中国农村题材的小说创作，不知道现在的九零后、零零后是否还在写农村题材的小说，如果再过二十年、三十年，农村题材的小说是否还会繁荣。

创作于2008年，2014年整理

永恒的记忆
——八集纪录片《路遥》解说词

第一集

陕北，这块古老的土地，这块苍凉的北方原野，自古就是兵家的必争之地，是多民族交融交会区域。也许是历史对这块土地的影响，追溯到伟大的毛泽东，追溯到英雄刘志丹、谢子长，追溯到李自成、韩世忠，甚至一直追溯到荒蛮时代半人半神的轩辕黄帝。

各种因素，使陕北成为产生英雄和史诗的地方。

就在中国人民刚刚站起来的两个月之后，12 月 3 日，陕西省榆林地区清涧县石嘴驿镇王家堡村的一户农民家庭，一个普普通通的生命诞生了，当时没有什么人注意到这个新生命对于这个世界的价值，没有什么人认识到这个普普通通的孩子日后的辉煌。就这样，路遥来了。他安静地走来，世界安静地接受了他……

童年对我来说，不堪回首。

那是一个非常遥远的早晨，穿着破烂的衣服，我们一路上要饭吃到伯父家。我知道，父亲是要把我掷在这里，但我假装不知道，等待着这一天。

那天，父亲跟我说，他要上集去，下午就回来，我知道他是要悄悄溜走。我一早起来，趁家里人不知道，我躲在村里一棵老树后，眼看着父亲，踏着蒙蒙的晨雾，夹着包袱，像个小偷似的从村子里溜出来，过了大河，上了公路，走了。这时候，我有两种选择：一是大喊一声冲下去，死活要跟我父亲回去，但我想到我已经到了上学的年龄，而回家后父亲没法供我上学，我想到了这里就可以上学了。我想起了家乡掏过野鸽蛋的树林，想起砍过柴的山坡。我那时才是个七岁的孩子，离家乡百里路，到了这样一个完全陌生的地方。觉得父亲把我出卖了。

我要活下去，就别指望靠别人，一切都得靠自己。因此，当七岁上父母养活不了我，一路讨饭把我送给别人，我平静地接受了这个冷酷的现实。

我独立地做人从这时候就开始了。

在伯母的支持下，1958 年春，小名叫卫儿的路遥开始在郭家沟村的马家店小学读书。路遥读小学前一直没有正式的名字，他上一年级时，老师给他起名王卫国，含保家卫国之意，从此卫儿有了正式的名字。

20 世纪 50 年代到 60 年代，在陕北特别贫困的农村，有的一个村子连一个识字的人都没有，过春节的时候一个能写副对联的人都找不到，人们就拿碗蘸上墨拓碗碗，一个格子拓上一个墨砣砣就算是有字了。这些路遥都看在眼里记在心上，这也许是他早期的思想启蒙。

陕北有十年九旱之称，凡是在陕北出生的人，尤其是农村的孩子，感受更为深刻，哪一个能逃脱那个苦水般的岁月呢？

> 饥饿经常使我一阵又一阵地眩晕，走路时东倒西歪，不时地用手扶一下什么东西，才不至于栽倒。课间同学们都到教室外面活动去了，我不敢站起来，只能趴在桌子上休息一下，我甚至觉得脑袋都成了一个沉重的负担——为了不使尊贵的脑袋在这个世界面前低垂下来，身上其他部位都在拼命挣扎着来支撑它！

路遥的童年正处于新中国成立以来饥荒最为严重的时期。

这次饥荒使多少民众家破人亡，流离失所。逃荒的灾民扶老携幼、成群结队。饥荒，对于陕北而言，是一个既熟悉又恐惧的词语。干旱和饥饿就像瘟疫一样，弥漫在这块贫瘠的土地上。

陕北民间文化因其特殊的地理环境和深厚的人文背景，往往能够产生意料之外的艺术惊喜。嘹亮豪迈的信天游，红红绿绿的窗花，质朴的石雕，坚硬的磨盘，百转千回的转九曲……就像一场接天连地的大水，无孔不入地流到每一个空间，渗入每一个身体与枝叶，在无形无声中自有生命和自然之“大道”，顺其缘分而上行，沿其情感而下渗，民间文化根本上是一种人性的展示。路遥从小就擅长唱民歌，身处这样的生存环境，恐怕就是血脉中的传承，艺术一向是真实而朴素的，它只接纳有缘之人，因为它源于生命那种纯净与真正的自然状态。路遥从小就在一个浩瀚的民间艺术海洋中生长，有着由内心到外界的精神感悟。

于是，我给伯父提出能不能让我试着去考一考的要求，就是考上了我也不上，还是回来劳动，伯父同意了。我想哪怕不让我读书，我也要证明我能考上。不幸的是，我正是在这贫困艰难的年头，以优异的成绩考上了延川中学。对伯父来说，这的确是不幸的，他本来是盼望我考不上中学的，这样就可以在家里劳动。

当听说我要到城里上学的消息之后，全村人尽管都饿得浮肿了，但仍然把自己那救命的粮食分出一升半碗来，几个老爷爷竟然把儿孙们孝敬他们的几个玉米面馍馍，也颤颤巍巍地塞到了我的衣袋里。我忍不住在乡亲们面前放开声哭了。我猛然间深切地懂得了：正是靠着这种伟大的友爱，生活在如此贫瘠土地上的人们，才一代一代延绵到了现在……

饥饿迫使我凭着本能向山野里走去。或者到城外的旷野里狂奔乱跳，要不就躲到大山深沟里去，像受伤的狼一般发几声长嚎！啊，饥肠辘辘这也许可以熬过去，但精神上所受的这些创伤却是最折磨人的了！这个困难的岁月，对别人来说，也许只是经济生活上的困难时期；而对我来说，则是经济上和精神上双重的困难时期。

胃囊在痛苦地痉挛着，饥饿像无数爪在揪扯着五脏六腑。有时候饿得实在不行了，就在远郊的土地上疯狂地寻觅着刨挖着，酸枣、野菜、草根，一切嚼起来不苦的东西统统往肚子里吞咽。要是能碰巧找到几个野雀蛋，那对我来说简直像是地里挖出来宝贝一样高兴，烧一堆火，急躁地把这些宝贝蛋埋在火灰里，而往往又等不得熟就扒出来几口吞掉了。

父亲不久前托人捎来话，说这半年里再无法送来一颗粮食了，我知道，就是一个月前送来的十几斤高粱也是父母口里省下来的，自己虽然饥饿，好歹总还没断五谷，谁知道可怜的父母现在拿什么糊口呢？

这一年路遥萌发了爱的火花，他和一位北京知青恋爱了，青春的激情有了暂时的归宿，爱找到了路遥。

“文化大革命”没有挫伤他的锐气，反而使他迅速成长，如果说生活中的苦难是毒药，他把毒药当营养一样吸收，那么“文化大革命”也歪打正着，让路遥早早认清了社会发展的不可逆转性。也许，使他一腔热血的政治抱负，悄然转向对文学的追求。

第二集

要知道，一次壮丽的失败可能产生一次辉煌的胜利。最为悲哀的是永远倒在一个失败的终点上。要认识到这绝不是终点，完全可能是通向目标的一个启程点。

1969 年初，路遥在干爹刘俊宽的帮助下，在马家店小学任民办教师，这时候他就开始了早期的诗歌创作。

这首署名“路遥”的诗歌印在延川县文化馆编辑的油印小报《革命文化》上，陕西省群众艺术馆主办的《群众艺术》也选载了这首诗。从此“路遥”这个笔名开始正式使用。

这是他公开发表的第一篇小说，以这篇小说为起点，路遥向中国文坛走来了。

路遥在后来的文章中这样写道：“尽管我那时候的作品甚至一篇也不能编入现在的文集里，但它在人生的篇章中永远占有不可磨灭的一页——那是在干涸的精神土地上长出的几棵稀有的绿草，至今仍然在我的记忆中保持着鲜活。”

柳青是陕北吴堡人，他是当代反映农村生活的著名作家，代表作品有《创业史》《铜墙铁壁》《种谷记》等，路遥把柳青当作自己的导师、楷模。这个时期，路遥不仅学习柳青在创作上严谨的态度和写作技巧，更重要的是学习柳青能够与普通人打成一片的情感。

路遥又一次被命运逼到了绝境的边缘。他的头在整个世界面前，深深地低下了。就在这时，县里的领导赏识他的才华，为他上大学四处奔走。

于是，路遥在一些人的反对声中，顶着雪片似的告状信，于 1973 年 9 月 7 日走进了大学校园。这个贫苦出身的青年鲤鱼跳龙门式地踏进大学的校门，这个事件从根本上改变了路遥的人生方向。

这条创造了华夏文明的黄河，陕北在它的暴躁和肆虐中成长。世世代代的陕北人，对黄河的感情更多的是一种眷恋、敬畏的复杂状态，黄土高原的沉寂常常被汹涌的黄河浪潮打破，黄河以巨人般的威严和肃穆，给陕北人民以永恒坚毅的精神力量。有黄河在，陕北就是活泛的、跳跃的、有生命力的，它给陕北无限的开阔与大气。它伴随一代又一代陕北人在苦难中前行。

这时的路遥，身上已经没有了当年的狂躁与冒失，他如饥似渴地博览群书，锲而不舍地从事文学创作，在一年多的时间里，就写了五十多篇文学作品。大学期间，他创作的小说《父子俩》、散文《银花灿灿》《灯光闪闪》《不冻结的土地》等，已在地方报纸和陕西省文艺刊物上发表。1973 年 11 月 30 日，《人民日报》发消息，对路遥的创作给予一大段表扬。

从此路遥有了接触柳青、杜鹏程、王汶石等陕西著名作家的机会，并有幸得到他们的直接教导。其中，柳青的人格气质和艺术风格对路遥产生了决定性的影响，使他的文学创作逐渐走向成熟。

1976 年 8 月，路遥被分配到陕西省作协主办的文学刊物《延河》做编辑工作，使他获得了从事文学创作的必要条件。成功需要机遇，而机遇是给那些有准备的人的，路遥就是那个有准备的人。他从黄土地出发，走向他期待已久的文学殿堂。路遥同时收获了爱情的喜悦，经过八年的相恋，路遥和林达于 1978 年 1 月在家乡延川县结婚了。

在路遥的小说里，改变命运是所有主要人物的主旋律，不管是他的小说，还是他的经历，都能说明这一点。我们相信，苦难的现实生活塑造了一个苦难的路遥，但我们谁也不愿意像路遥那样苦难，他的追求正是用文字的方式留住这一段历史。路遥的文学创作从 1979 年全面展开，开始了他雄心勃勃的文学远征。

第三集

面对着澎湃的新生活的激流，我常常像一个无知而好奇的孩子。我曾怀着胆怯的心情，在它回旋的浅水湾里拍溅起几朵水花，还未敢涉足于它那奔腾的波山浪谷之中。什么时候我才能真正到水线上去搏击一番呢？

我几十年的饥寒、失误、挫折和自我折磨的漫长历程中，苦苦追寻一种目标，任何有限度的成功对我都至关重要。

《惊心动魄的一幕》的获奖给路遥增添了前所未有的自信，这部作品奠定了他向更高目标攀登的基石，路遥已经默默地为自己心中的大事，进行了整整三年的准备。

1981 年 6 月，不到三十二岁的路遥以顽强的毅力，用了二十一个昼夜，创作完成了十三万字的中篇小说《人生》。这是一场名副其实的文学征战。

小说《人生》没发表前，路遥曾预言：要么，巨大的成功；要么，彻底的失败。结果《人生》轰动了全国，它带着生活的芬芳走进千千万万的读者心中。小说《人生》是悲剧性的启示录，它把读者引向对新生活的思考，把社会历史与人物命运巧妙结合，使亿万读者的心灵受到强烈的震撼。

在巨大的成功面前，路遥是清醒的，他说：“作家的劳动不仅仅是为了取悦当代，而更重要的是给历史一个深厚的交代。如果为微小的收获而沾沾自喜，本身就是一种无价值的表现。”1983年3月，《人生》荣获《当代》中篇小说奖。同年7月，又荣登第二届全国中篇小说优秀奖榜首。1984年9月，荣获陕西省文艺创作“开拓奖”一等奖。

当得到一种社会荣誉时，自己内心总是很惭愧的。在这样的时候，我眼前浮现的是祖国西部黄土高原那些朴素的山峦与河流，开垦和未被开垦的土地，土地上弯腰弓背的父老兄弟……正是那贫瘠而又充满营养的土地和憨厚而又充满智慧的人民养育了我。没有他们，也就没有我，更没有我的作品。他们是最伟大的人，给他们戴上任何荣誉的桂冠都不过分。但是，他们要求的从来都不是这些，而是默默无闻地、永恒地劳动和创造。

正因为如此，我在荣誉面前感到深深的惭愧。

正因为如此，我在这惭愧中不由深深地沉思。

我必须离开《人生》所营造的暖融融的气氛，再一次踏进冰天雪地去进行一次看不见前途的远征。

第四集

只要不丧失远大的使命感，或者说还保持着较为清醒的头脑，就决然不能把人生之船长期停泊在某个温暖的港湾，应该重新扬起风帆，驶向生活的惊涛骇浪中，以领略其间的无限风光。人，不仅要战胜失败，而且还要超越胜利。

在小说《人生》中，路遥对“城乡交叉地带”问题最早关注，它具有独一无二的文学史意义， 同时也标志着路遥艺术风格的形成，确立了他在当代文学领域不可替代的地位。

20 世纪 80 年代的文学界形成了研究路遥的第一个高潮。1982 年后，根据小说《人生》所改编的戏剧、电影、广播剧等多种艺术形式的作品出现在大众视野。1984 年，由路遥改编、吴天明导演的电影《人生 》又一次震动了影坛，被誉为中国的第一部西部片。

《在困难的日子里》是路遥的一部自传体小说，是一部更加具有深度的作品，它特殊的价值目前还没有得到公正的评价。

这部作品的不同凡响，并不因为它表现了一个几乎绝迹的题材，而在于它找到了一个极好的观照历史和现实的角度。

路遥这样说道：“在那样困难的环境里，什么是最珍贵的呢?我想，那就是在困难的时候，人们心灵是那样的高尚美好。”

如果在写往事的题材中，融入深刻的社会历史内容，注入强烈的时代精神，那么《在困难的日子里》，仅其深刻性就有可能超越时空界限，获得久远的生命力。

1982 年，中篇小说《在困难的日子里》在《当代》第五期发表，并荣获该年度《当代》文学中长篇小说奖。

应该说路遥的文学远征十分顺利，《惊心动魄的一幕》《人生》《在困难的日子里》相继获得全国性大奖，成为新时期中国文坛少见的现象，路遥一跃成为 80 年代中国小说的翘楚。

路遥的生活完全乱了套。无数的信件从全国四面八方蜂拥而来，来信的内容五花八门，除了谈论阅读小说后的感想和种种生活问题、文学问题，许多人还把他当成了掌握人生奥秘的“导师”，纷纷向他求教“人应该怎样生活”，叫他哭笑不得。更有一些遭受挫折的失意青年，要求路遥必须在几月几日前写信开导他们，否则就要死给路遥看。与此同时，陌生的登门拜访者接踵而来，一些熟人也免不了忙中添乱。

路遥为自己牛马般的劳动而得到某种回报而感到人生的温馨。他不拒绝鲜花和红地毯。但是，真诚地说，他绝不可能在这种过分戏剧化的生活中长期满足，眼前这种红火热闹的广场式生活必须尽快结束。他渴望重新投入一种沉重。只有在无比沉重的劳动中，人才会活得更为充实。劳动，这是作家义无反顾的唯一选择。

> 作家的劳动绝不仅是为了取悦于当代，而更重要的是给历史一个深厚的交代。如果为微小的收获而沾沾自喜，本身就是一种无价值的表现。最渺小的作家常关注着成绩和荣耀，最伟大的作家常沉浸于创造和劳动。
>
> 是的，只要不丧失远大的使命感，或者说还保持着较为清醒的头脑，就决然不能把人生之船长期停泊在某个温暖的港湾，应该重新扬起风帆，驶向生活的惊涛骇浪中，以领略其间的无限风光。

对于一个人来说，一生中可能只会有一个最为辉煌的瞬间，那就是他事业的顶点，对路遥来说，又很难承认《人生》就是他的一个再也越不过的横杆。在无数个焦虑而失眠的夜晚，他为此而痛苦不已。在一种几乎是纯粹的渺茫之中，他突然想起已被时间的尘土掩埋得很深很远的一个早年的梦。他曾经有过一个念头：这一生如果要写一本自己认为是规模最大的书，或者干一生中最重要的一件事，那一定是在四十岁之前。

这个想法出现和确立，为此，他将要付出昂贵的代价。

他说："有时要对自己残酷一点。应该认识到，如果不能重新投入到严峻的牛马般的劳动，无论作为作家还是作为一个人，你真正的生命也即将终结。"

幻想容易，决断也容易，真正要把幻想和决断变为现实却是无比困难的。这是要在自己生活的平地上堆起理想的大山。他所面临的困难是多种多样的。首先，他缺乏或者说根本没有写长卷作品的经验，很难想象自己能否胜任这项属于巨人完成的工作。是的，他已经有一些所谓的写作经验，但体会最深的倒不是欢乐，而是巨大的艰难和痛苦。每一次走向写字台，就好像被绑着赴刑场；每一部作品的完成，都像害了一场大病。走向高山难，退回平地易。反过来说，就眼下的情况，在文学圈混一生也可以，新老同行中就能找到效仿的榜样。退回去吗？不能！前进固然艰难，且代价惨重，但退回去舒服，却要吞咽人生的一剂致命毒药。

最后一条企图逃避的路被堵死了。路遥想起了沙漠，他要到那里去走一遭。

对沙漠，确切地说，对故乡毛乌素沙漠有一种特殊的感情，或者说特殊的缘分。那是一块可以进行人生禅悟的净土。每当面临命运的重大抉择，尤其是面临生活和精神的严重危机时，他都会不由自主地走向毛乌素沙漠。

在这里，路遥才清楚地认识到将要进行的其实是一次命运的"赌博"，而赌注则是自己的青春抑或生命。

如果将来作品有某种程度的收获，那还多少对抛洒的青春热血有个慰藉。如果失败，那将意味着青春乃至生命的失败。这是一个人一生中最好的一段年华，它的流失应该换取最丰硕的果实，可是怎么可能保证这一点！你别无选择，这就是命运的安排。

正如一个农民春种夏耘，到头一场灾害颗粒无收，他也不会为此而将劳动束之高阁。他第二年仍然会心平气静地春种夏耘，而不管秋天的收成如何。那么，就让人们忘掉吧，像消失在沙漠里一样从文学界消失，重返人民大众的生活，成为他们间最普通的一员。要忘掉写过《人生》，忘掉得过奖，忘掉荣誉，忘掉鲜花和红地毯。从今往后仍然一无所有，就像七岁时赤手空拳离开父母离开故乡，去寻找生存的道路。

告别沙漠的时候，精神获得了大解脱、大宁静，如同修行的教徒断绝红尘告别温暖的家园，开始餐风饮露一步一磕地向心目中的圣地走去。

第五集

是的，路遥是劳动人民的儿子，不论在什么时候，都永远不会丧失一个普通劳动者的感觉。和劳动者一起热烈地拥抱大地和生活，作品和作品中的人物才有可能涌动起生命的血液，否则就可能制作出一些蜡像，尽管很漂亮，也终归是僵尸。

为建造《平凡的世界》这座辉煌的艺术大厦，1982年至1984年，路遥“平静而紧张地”开始了各方面的准备工作。

路遥的弟弟王天乐曾经是一名记者。在很大的程度上，如果没有他，路遥很难顺利完成《平凡的世界》。

王天乐像卫士一样为路遥挡住了许多可怕的纷扰。为专心写作开辟了一个相对独立的空间。另外，他一直在农村生活到近二十岁。经历了在那个天地无比丰富的生活，因此能够给路遥提供许多十分重大的情节和线索。所有来不及或不能圆满解决的问题，他都帮路遥解决了。在集中梳理全书情节的过程中，他们曾共同度过许多紧张而激奋的日子，常常几天几夜不睡觉，沉浸在工作之中，即使生病发高烧也没有中断。尤其是他当过五年煤矿工人，为这个特殊的生活环境提供了具体的素材。实际上，《平凡的世界》中的孙少平直接取材于路遥的弟弟。

狂热的工作和纷繁的思考立刻变为路遥日常的生活。作品的框架已经确定：三部，六卷，一百万字。作品的时间跨度为 1975 年初到 1985 年初，力求全景式反映中国那十年间城乡社会生活的巨大历史性变迁。人物可能会有百人左右。

但理智却清醒地提出警告：不能轻易地被一种文学风潮席卷。实际上，路遥并不排斥现代派作品。其中许多大师的作品他是十分崇敬的。路遥的精神常如火如荼地沉浸于从陀思妥耶夫斯基和卡夫卡开始直至欧美及拉丁美洲的当代文学之中，他们都极其深刻地影响了路遥。当然，他承认，眼下，也许列夫·托尔斯泰、巴尔扎克、司汤达、曹雪芹等现实主义大师对他的影响要更深远一些。需要表明的是，当时并非不可以用不同于《人生》的现实主义手法构建这部作品，而是他对这些问题和许多人有完全不同的看法。

生活和艺术已证明并将继续证明这一点，而不在于某种存在偏见的理论妄下断语。即使有一天现实主义真的过时，更伟大的主义君临我们的头顶，现实主义作为一定历史范畴的文学现象，它的辉煌也是永恒的。

路遥决定要用现实主义手法构建这部规模庞大的作品。当然，他要在前面大师们的伟大实践和自己已有的那点微不足道的经验的基础上，力图有现代意义的表达——现实主义照样有广阔的革新前景。他已经认识到，对于这样一部费时数年，甚至可能耗尽一生主要精力的作品，绝不能盲目而任性。

在中国这种一贯的文学环境中，独立的文学品格自然要经受重大考验。在非甲必乙的格局中，你偏是丙或丁，你的情况就可想而知了。在这种情况下，之所以还能够坚持，是因为你的写作干脆不面对文学界，不面对批评界，而直接面对读者。只要读者不抛弃你，就证明你能够存在。

路遥的观点是，只有在我们民族伟大历史文化的土壤上产生真正的具有我们自己特性的新文学成果,并让全世界感到耳目一新，我们的现代表现形式的作品也许才会趋向成熟。

有些书是重读，有些书是新读。其间路遥曾列了一个近百部的长篇小说阅读计划，后来完成了十之八九，同时也读其他杂书。那时，房子里到处都是书和资料。对于作家来说，读书如同蚕吃桑叶，是一种自身的需要。

既然一直不畏惧迎风而立，那么，又将面对的孤独或者将要进行的挑战，就应当视为正常，不必患得患失、忧心忡忡。应该认识到，任何独立的创造性工作就是一种挑战，不仅对今人，而且对古人。路遥在这一豪迈的进程中，对自己建立了一种“无榜样意识”——这和妄自尊大毫不相干。“无榜样意识”正是建立在有许多榜样的前提下。也许每一代作家的使命就是超越前人，不管最后能否达到，但首先应该知道前人已经创造了多么伟大的成果。

路遥知道，生活可以故事化，但历史不能编造，不能有半点似是而非的东西。只有彻底弄清了社会历史背景，才有可能在艺术中准确描绘出这些背景下人们的生活状态和精神状态。

占有的生活资料越充分，表现生活就越自信，自由度也就会越大。作为一幕大剧的导演，不仅要在舞台上调度众多的演员，而且要看清全局中每一个末端细节，甚至背景上的一棵草、一朵小花，也应力求完美、准确地统一在整体之中。春夏秋冬，时光变幻，积累在增加，手中的一个箱子变成了两个箱子。奔波到精疲力竭时，回到某个招待所或宾馆休整几天，恢复了体力，再出去奔波。

走出这辆车，又上了另一辆车；一天在农村的饲养室，另一天在渡口的茅草棚；一夜无铺盖和衣躺着睡，另一夜盖缎被毛毯还有热水澡洗。无论条件艰苦还是舒适，反正都一样，因为愉快和烦恼全在于实际工作的收获大小。时光在流逝，奔波在继续，像一个孤独的流浪汉在鄂尔多斯无边的荒原上漂泊。

不知不觉已经三年了。真正的小说还没写一个字，已经把人折腾得半死不活。想想即将要开始的正式写作，叫人不寒而栗。现在要利用这点空隙让脑子歇一歇、凉一凉。路遥知道，要是忙起来，常常会顾不上吃饭或胡乱凑合着吃。

眼下，在相对悠闲的日子里瞎转悠的时候，天乐正忙着“查看阵地”，帮路遥寻找一个较为合适写作的地方。

路遥决定到一个偏僻的煤矿开始第一部初稿的写作。

写这部书已抱定吃苦牺牲的精神，一开始就到一个舒适的环境中工作不符合路遥的心意，煤矿生活条件差一些，艰苦一些，这和精神上的要求是一致的。既然要拼命完成此生的夙愿，开始应该投身于艰苦之中。完成如此繁难的使命，不能对自己有丝毫的怜悯之心。要排斥舒适，要斩断温柔，只有在暴风雨中才可能豪迈地飞翔，只有用滴血的手指才可能弹拨出绝响。

正是秋风萧瑟的时候，路遥带上两大箱资料和书籍，带上最主要的“干粮”——十几条香烟和两罐“雀巢”咖啡，告别了西安，直接到他的工作地——陈家山煤矿。

路遥来之前，矿上已在矿区的医院为他找好了地方。此时正值“霜叶红于二月花”之时，田野的风光十分美丽，但他的心在狂跳，想急迫地投入工作，根本无心观赏大自然如画的风光。

心情无比复杂。路遥知道接下来就该进入茫茫的沼泽地了。但是，刹那间，心中竟充满了某种幸福感。是的，为了这一天的到来，他已经奔波了两三年，走过了漫长的道路，现在终于走上了搏斗的拳击台。

是的，拳击台。对手不是别人，正是自己。

开头。

这是真正的开头。

写什么？怎样写？第一章，第一自然段，第一句话，第一个字，一切都是神圣的，似乎是一个生死存亡的问题而令人难以选择，令人战战兢兢。

实际上，它才是真正重要的，它将奠定全书的叙述基调和语音节奏。它将限制他，也将为他铺展道路。

一切诗情画意都尽量调动起来，以便一开始就能创造奇迹，词汇像雨点般落在纸上。可是一页未完，就觉得满篇都是张牙舞爪，立刻撕掉重来。新换了一副哲学家的面孔。似乎令人震惊，但一页未完成，却已感到可笑和蹩脚。眼看一天已经结束，除了纸篓里撕下的一堆废纸，仍然是一片空白。真想抱头痛哭一场。这样的无能，竟然连头都开不了，还准备写一部多卷体的长篇小说呢！

晚上躺在孤寂的黑暗中，大睁着眼睛，开始真正怀疑自己是不是能胜任如此重大的工作。

叫天天不应，叫地地不灵。

开始在房间里不停地转圈圈，走，走，走，像磨道中的一头驴。

从高烧似的激烈一直走到满身热汗变为冰凉。

冰凉的汗水使燃烧的头脑冷静了下来。

冷静在这种时候可以使人起死回生。

冷静地想一想，三天的失败主要在于思想太勇猛，以致一开始就想吼雷打闪。其实，这么大规模的作品，哪个高手在开头就大做文章？瞧瞧大师们，他们一开始的叙述是多么平静。只有平庸之辈才在开头就堆满华丽。记得列夫·托尔斯泰的话：艺术的打击力量应该放在后面。

现在，平静地坐下来。

于是，顺利地开始了。

工作的列车终于启动，并且开始缓慢而有节奏地向前运行。既然有能力走向前，就应该不顾一切往前走。

第一个音符似乎开始得不错。一切都很艰难，但还可以继续进行。写作前充分的准备工作立刻起到了作用。

五六天后，已经初步建立起工作规律，掌握了每天大约的工作量和进度。墙上出现了一张表格，写着一到五十三的数字——第一部共五十三章，每写完一章，就画掉一个数字；每画掉一个数字，都要愣着看半天那张表格。

工作进展在量上有所体现。确定的第一个目标是突破十三万字。这是《人生》的字数，迄今为止自己最高的横杆。突破这个数字带有象征意义。

十三万字终于突破。兴奋中产生了庄严，庄严又使人趋于平静。这是一个小小的征服。接下来，脚步开始变得豪迈一些了。最少从表象上看，下一步将从自己写作史上一个新的起点出发。下一个数量上的目标是超过这一部总字数的二分之一。

这个目标再有几万字即可达到，这是在创造新的纪录。情绪为之而亢奋。写作进入狂热状态，身体几乎不存在，生命似乎只是一种纯粹的精神形式。日常生活如机器人般单调，但是，没有比这一切更美好的了。

在狂热、紧张、繁忙的工作中，主要的精神状态是什么？那就是认定在做一件对自己来说是前所未有的工作，甚至是做一件前无古人的工作。不论实质上是否如此，就得这样认为。要感觉到人在创造，在不同凡响地创造，创造是独一无二的；应该自己的工作自豪，甚至认为它伟大无比也未尝不可。这不是狂妄，只有在这种“目中无人”的状态下，才可能解放自己的思想，释放自己的能量。应该敢于把触角延伸到别人没有到过的地方，敢于进入无人区，并树起自己的标志。

这样的时刻，所有尊敬的作家都可以让他们安坐在历史中，让他们各自光芒四射地照耀大地。但照耀自己世界的光芒应该是自己发出的。

把一切伟人和他们的写作方法、写作技巧都统统赶出房子，完全用自己的心灵写作。当然，绝不可能长期保持这种伟大感，困难会接踵而来。一时束手无策，又感到自己是多么可笑和渺小。抬头望望桌边上那十几座“金字塔”，感到自己像儿童在河边的沙地上堆起了几个小土堆。

有什么可以自鸣得意的?

难言的羞愧与窘迫。不会长期颓丧，因为身处战场。停下笔，离开作品，想想其他的事。

为什么此刻停下来？记着，自己没有权利使自己停滞不前。为自己定下了森严的法度，布下了天罗地网，别指望逃脱。

写作是艰苦的。与之相伴的是生活的艰苦。一般说来，路遥对生活条件从不苛求。写作紧张之时，常常会忘记吃饭，一天有一顿也就凑合过了。没有时间，连半个小时的时间都不敢耽搁。为了约束自己的意志，每天的任务都限制得很死，完不成就不上床休息。工作间实际上成了牢房，而且制定了严厉的“狱规”，绝不可以违反。后来，房间里来了不速之客，是老鼠。有时实在气急了，手里拿着笔和笔记本追它们。它们当然立刻会消失得无踪无影。没办法，只好让医院的几个职工堵了门窗，终于消灭了一只，但是另一只仍然如常来这里做客。路遥于是灵机一动，干脆由黩武主义变为犬儒主义，每天晚上多拿一个馒头放在门后供其享用。后来，路遥和这只老鼠一直和平共处到他离开这里。老鼠成了这个孤独世界里唯一的伙伴。

无比紧张的工作和思考一直要到深夜才能结束。凌晨，万籁俱静中，从桌前站起来，常常感到眼冒金星，腿痉挛得挪不开脚。

长卷作品的写作是对人的精神意志和综合素养的最严酷的考验。它迫使人必须把能力发挥到极点。要么超越这个极点，要么猝然倒下。

只要没有倒下，就该继续出发。

第六集

路遥从劳动人民身上学到一种宝贵的品质，那就是不管有无收获或收获大小，从不间断土地上汗流浃背的辛劳，即使后来颗粒无收，也不后悔自己付出的劳动。他相信这样一句名言：人可以亏人，土地不会亏人。

墙上那张工作计划表被一天天画掉。

情绪高涨，出现一些令自己满意的章节。某些未来篇章中含混不清的地方在此间不断被打通。情节、细节、人物，呼啸着向笔下聚拢。笔赶不上手，手赶不上心。自认为最精彩的地方，字写得连自己都难以辨认。眼睛顾不上欣赏窗外的风光，只盯着双水村、石圪节、原西城，只盯着熙熙攘攘的人物和他们的喜怒哀乐，分不清身处陈家山还是双水村。

“对雨，对雪，我永远有一种说不清道不明的情愫。雨天，雪天，常有一种莫名的幸福感。”路遥最爱在这样的日子里工作，灵感、诗意和创造的活力能尽情喷涌。

童年和少年时期，每当下雨或下雪，他都激动不安，经常要在雨雪天地里漫无目的地游逛，感受被雨雪沐浴的快乐。他永远记得那个遥远的大雪纷飞的夜晚，他第一次用颤抖的手握住他初恋女朋友的手。那美好的感受至今如初。他曾和他的女友穿着厚厚的冬装在山野中手拉着手不停地走啊走，并仰起头让雨点雪花落入他们嘴中，沁入他们的肺腑。

“愿窗外这雨雪构成的图画在心中永存，愿这天籁之声永远陪伴我的孤独。”雨雪中，他感到整个宇宙就是慈祥仁爱的父母，抚慰躁动不安的心灵，启示他走出迷津，去寻找生活和艺术从未涉足的新境界。

不知哪一天起，晚饭后增加了一项新活动——到外面去散步半小时。暮色苍茫中，从矿医院走出来，沿着小溪边的土路逆流而上，向一条山沟走去。走到一块巨型岩石前立刻掉过头，再顺原路返回来。这样的时候这样的地方，不必装腔作势，完全可以放浪无形，随心所欲。大部分时间里，我都是一路高歌而行，并且手舞足蹈。

写作中最被折磨的也许是孤独。

人是一个非常复杂的矛盾体。为了不受干扰地工作，常常要逃避世俗的热闹；可一旦长期陷入孤独，又感到痛苦，又感到难以忍受。

我喜欢孤独。但我也惧怕孤独。孤独常常叫人感到无以名状的忧伤。而这忧伤有时又是很美丽的。现在，屈指算算，已经一个人在这深山老林里度过了很长一段日子。

多少天里，没和一个人说过一句话。白天黑夜，一个人孤零零地待在这间房子里，做伴的只有一只老鼠。

黑暗中，路遥两眼发热。这就是生活。既然选择了一条艰难的道路，就得舍弃人世间的许多美好。

长长的一声叹息，重新坐回桌前，回到那一群虚构的男女之间。在这样的时候，描绘他们的悲欢离合，就如同一切都是自己切身的体验和感受。流着辛酸的或者幸福的泪水讲述他们的故事——不，这已不是故事，而是生活本身。有时候，夜深人静，突然从远处传来火车的鸣笛声，便忍不住停下笔，陷入某种遐想之中。这充满激情的声音似乎是一种召唤。会想到朋友和亲人从远方赶来和自己相会，以及月台上那揪心的期盼与久别重逢的惊喜。有一天半夜，当又一阵火车的鸣笛声传来的时候，路遥从椅子上站起来，什么也没有想，就默默地、急切地跨出房门。他在料峭的寒风中走向火车站。

火车站徒有其名。这里没有客车，只有运煤车。除过山一样的煤堆和一辆没有气息的火车，四周静悄悄的没有一个人。他悲伤而惆怅地立在煤堆旁。

路遥明白，他来这里是接某个臆想中的人。他也知道，这虽然有些荒唐，但肯定不能算是神经错乱。他对自己说："我原谅你。"悄悄地，用指头抹去眼角的冰凉，然后掉头走回自己的工作间。

终于要出山了。因为元旦即至。在那个新旧交替的日子，为了亲爱的女儿，路遥也得赶回去——其实这也是唯一的原因。

寒冬中，路遥坐在越野车的前座上离开此地，怀里抱着第一部已写成的二十多万字初稿。现在应该算作是一次小小的凯旋。

和这个煤矿、这个工作间告别，既高兴又难受。高兴的是，他终于要离开这个折磨人的地方。难受的是，这地方曾进行过他最困难最心爱的工作，使他对它无限留恋。这是告别地狱，也是告别天堂。总之，这将是一个永远难以忘怀的地方。

春节过后不久，又进入周而复始的沉重。抄写二稿在某种意义上是一种享受，尽管就每天的劳动量和工作时间来说，比第一遍稿要付出得更多。这主要是一种体力的付出，大脑相对来说压力要小一些。写第一稿，前面永远是一片不可知的空白，写完今天，还不知道明天要写什么。现在，一切都是有依据的，只是要集中精力使之更趋完善。

是的，艺术劳动，这项从事虚构的工作，其实最容不得虚情假意。我们赞美，我们诅咒，全然应出自我们内心的真诚。真诚，这就是说，我们永远不能丧失一个普通人的感觉，这样我们所说出的一切，才能引起无数心灵共鸣。

凌晨，从工作间出来，累得弯腰弓背，穿过一片黑暗向家属楼走去，嘴里不由得发出一声声疲劳的叹息。有时候，立在寂静无声的院子里，感到十分凄凉。想想过两个小时天就大亮，到处一片光亮，人们将开始新的一天，而路遥却会拉上窗帘，陷入死一般的沉睡中。

是的，路遥已经完全脱离了正常人的生活规律，感觉一直处在黑暗之中。他渴望明媚的阳光照耀自己。

第一部全部完成了。暂时把桌面清理干净，只留下二十本稿纸放在那里。

静静地抽了一下午纸烟，不停地喝了许多杯咖啡。

只有这个时候，才能完全离开作品，可以想想别的事。

同时想应该用一整天时间去买几身衣服，买一点像样的生活用品，把自己打扮一下。一年多来，一切生活都是凑合着过，连件换洗的衬衣都没时间去买。并不是完全轻松了下来。

没有，远远没有，更严峻的问题就横在面前。

按当时的形势，这部书的发表和出版都是问题。首先当然是因为这部书基本用所谓传统的手法表现，和当时大的文学潮流悖逆。

路遥怀着深深的敬意感谢当时《花城》杂志的副主编谢望新先生和中国文联出版公司的李金玉女士，他们用热情而慷慨的手接过了这部书稿，使它能及时和读者见面。

当时有一些我国重要的批评家给第一部很热情中肯的评论。路遥主要指出北京的三位，他们是蔡葵、朱寨和曾镇南。

由于我国当代重要批评家的理解，路遥在冷落中没有丧失信心。当然，从总的方面看，这部书仍然被冷落。

路遥心里很清楚，对第一部的某些疑问，正是第二、第三部将要解决的。他无法要求别人耐心等待他的工作，但他要耐心准备解决许多问题。

要想成就自己的事业，就要不断地进行自我检讨，真诚地听取各种人的批评意见。好作品原子弹也炸不倒，不好的作品即使上帝赞赏也拯救不了它的命运。在路遥的心中，三部已是一个统一体，他已经看见书的全貌。因此，就不能对批评界的意见过分计较，他们只是就现在的第一部发表看法而已。

许多原来苦心经营并十分满意的构建被毫不犹豫地推倒。有些素材显然成了一堆废物，而新的空缺需要马上补充。

第二部第一稿的写作随即开始。这次换了地方，到黄土高原腹地中一个十分偏僻的小县城工作。正是三伏天，这里却特别凉爽。

路遥意识到，第二部对全书来说是至关重要的。体力和精神都竭力运转到极限，似乎像一个贪婪而没有人性的老板在压榨他的雇员，力图挤出他身上最后一滴血汗。

第二部的初稿是在精神、体力最为充沛的状态下完成。这是一次消耗战，尤其对体力来说，几乎动用了所有的“库存”。他自我感觉要比第一部好，这是一个很大的安慰。

正当路遥准备休整的时候，接到中国作家协会的通知，让他出访西德。路遥很乐意参加这个特别的活动。西德的访问使路遥大开眼界，感觉似乎置身于另外一个星球。思维的许多疆界被打破了，二十多天里,几乎跑了西德所有重要的大城市和一些著名的小地方。

作为一个有独立人生观的人，路遥对所看到的一切都并不感到惊讶。他竭力在这个陌生的世界里寻找与他熟悉的那个世界的不同点和相同点，尤其在人性方面。

一切都是这样美好，这样舒适惬意。但路遥想念中国，想念黄土高原，想念他生活的那个贫困世界里的人们。 二十多天的访问已足够。他急迫地想回去进行第二部第二稿的工作，其心情就像外出的妇女听见自己吃奶孩子的啼哭声一般。是的，没有什么比他的工作更重要。

访问结束，在北京一下飞机，听见满街嘈杂的中国话，路遥的眼泪就在眼眶里打转。走了世界富足的地方，但他却更爱当时贫穷的中国。即使世界上有许多天堂，路遥也愿在中国当一名乞丐直至葬入它的土地。

又回到机关院内那间黑暗的“牢房”，开始第二部第二稿的工作。激奋与凄苦交织在一起。除了劳累，仍然存在一个饥饿问题。路遥难言的凄苦在于基本放弃了常人的生活。

写第二部第二稿的时候，路遥几乎完全倒下了，身体状况不佳，像弹簧整个被扯断。其实在最后的阶段，已经力不从心，抄改稿子时，像个垂危病人半躺在桌上，斜着身子勉强用笔写。几乎不是用身体在工作，而是纯粹靠一种精神力量在勉强为之。

终于完全倒下。

后来路遥才知道，这是无节制地拼命工作所导致的必然结果。开始求医看病，药越吃病越重，非但不顶事，结果喉咙肿得连水也咽不下去。一天二十四小时，痛苦得无法入睡，有时折磨得在地上滚来滚去而一点办法都没有。

一个更大的疑惑占据了心间：是否得了不治之症?

第七集

只有如火的热情和坚强的意志，才有可能成就某种事业。

路遥第一次严肃地想到了死亡。他看见死亡的阴影正从天边扑来。他怀着无限惊讶凝视着这一片阴云，从未意识到生命在这种时候就可能结束。

迄今为止，路遥已经有过几次死亡的体验。最早的两次都在童年，那时候他发高烧，他年轻而无知的父母不带他去看医生，而是叫来邻村一个有名的“神人”。经过一阵敲敲打打之后，他奇迹般的活了下来。

第二次路遥上山砍柴，在当时的年龄，还不能在复杂陡峭的地形中平衡身体的重心，从山顶的一个悬崖上滑倒，向深沟里跌了下去。他记得跌落的过程相当漫长，感到身体翻滚时像飞动的车轮般急速。这期间，他唯一来得及想到的就是死。结果，又奇迹般的活了下来。

后来的一次死亡其实不过是青春期的一次游戏罢了。那时，他因对前途的茫然加上失恋，准备在家乡的一个水潭跳水自杀。结果在月光下走到水边的时候，不仅没有跳下去，反而在内心生出一种对生活更加深沉的爱恋。最后轻松地转过身，索性摸到一个老光棍的瓜地里，偷着吃了好几个甜瓜。

想不到几十年后的今天，他却真正地面对这件事了。

是的，这是命运，但是路遥对命运的无情只有悲伤和感叹。

痛苦，不仅是肉体上的，主要是精神上的，产生了一种宿命的感觉——路遥说过，他绝非圣人。

这种宿命的感觉也不是凭空而生的，而是有一定依据的。他曾悲哀地想过，在中国，想完成长卷作品的作家，往往都死不瞑目。伟大的曹雪芹不用说，他的前辈和导师柳青也是如此。

老实说，路遥之所以如此急切而紧迫地投身于这个工作，心里正是担心某种突如其来的变化，常常有一种不可预测的惊恐，生怕重蹈先辈们的覆辙。

心越急，病越重。出于使命感，也出于本能，在内心升腾起一种与之抗争的渴望。路遥想起故乡榆林地区的中医，到那里，病治好了，万幸；治不好，也可就地埋在故乡的黄土里——这也是最好的归宿。在这个创造了他生命的地方，会包容他的一切不幸与苦难。就是生命消失,能和故乡的土地融为一体,也是他最后一个夙愿。

带着绝望的心情离开西安，向故乡沙漠里的榆林走去。故乡，又回到了他的怀抱！每次走近故乡，就是走近母亲。故乡的一切都让人感到亲切和踏实，内心不由生出一缕希望的光芒。踏上故乡的土地，就不会感到走投无路。

眼前这位老人历经一生磨炼，他的医术无疑已达到出神入化的境界。张老开始调理路遥的身体，路遥像牲口吃草料一般，吞咽了张老的一百多服汤药和一百多服丸药，身体开始渐渐有所恢复。

身体稍有恢复的时候，路遥的心潮又开始澎湃起来。

问题极自然地出现在面前：是继续休息还是再接着写？

按路遥当时的情况，起码还应该休息一年，所有的人都劝他养好身体再说，但是路遥难以接受这么漫长的平静生活。

他的用血汗建造的建筑在等待最后的封顶。

是否应该听从劝阻，休息一年再说？

不行。这种情绪上的大割裂对长卷作品来说可能是致命的。

那么，还是应该接着拼命？

自我分裂，两个分裂的自我渐渐趋向统一，开始重新面对唯一的问题，那就是必须接着干！

蓬勃的雄心再一次鼓动起来，只要上苍赐予他力量，让他能最后冲过终点，那么永远倒下不再起来，也可以安然闭目了。这将是一次戴着脚镣的奔跑。

想到自己现在仍然能投入心爱的工作，并且已越来越接近最后的目标，眼里忍不住涌出泪水。这是谁也不可能理解的幸福。回想起来，从一开始投入这部书到现在，基本是一往如故地保持着真诚而纯净的心灵，就像初恋一样。尤其是经历身体危机后重新开始工作，根本不再考虑这部书将会给他带来什么，只是全心全意全力去完成它。完成，这就是一切！在更大的意义上，这已经不再是只完成一部书，而是在完成自己的人生。

写第三部时，已经有了某种经验，而且到了全书的高潮部分，也到了接近最后目标的时刻，因此情绪格外高昂，进行似乎也很顺利。

1988 年元旦如期来临。一种无言的难受涌上心间。这不是为自己，而是为了亲爱的女儿。在这应该是亲人们团聚的日子里，作为父亲而不能在孩子的身边，路遥感到深深的内疚。

现在，对女儿来说是无比欢喜的节日里，他却远离女儿，感到非常伤心。不过，女儿长大后或许会明白爸爸为什么这样做。没有办法，爸爸不得不承担起某种不能逃避的责任，这也的确是为了给女儿更深沉的爱……

远处传来模糊的爆竹声。路遥用手掌揩去满脸泪水，开始像往常一样拿起了笔。他感到血在全身涌动，感到了一种人生的悲壮。他要用最严肃的态度进行这一天的工作，用自己血汗凝结的乐章，献给远方亲爱的女儿。

按照原先的计划，路遥无论如何要在春节前完成第三部的初稿。由于这是实质上的最后冲刺，他精神高度紧张，完全处于燃烧状态，大有胜败在此一役之感。

万分庆幸的是，春节前一个星期，身体几乎在虚脱的状况下，终于完成了第三部的初稿。路遥能赶上和女儿一块过春节了。这将会是一个充实的春节。

在返回西安的路上，路遥决定，过完春节，稍加休整，趁身体还能撑住某种重负，赶快趁热打铁，立刻投入第二稿的工作——这是真正的最后的工作。

春节过后不久，机关院子那间夏天的病房很快又恢复为工作间。这次的抄改更加认真，竭尽全力以使自己在一切方面感到满意。

在接近六年的时光中，路遥一直处在漫长而无期的苦役中，像一个判了刑的囚犯，他在激动地走向刑满释放的那一天。

春天已经来临，树上又一次缀满了绿色的叶片。墙角那边，开了几朵不知名的小花。他心中的春天也将来临。

当作品的抄改工作进入最后部分时，路遥突然想将这最后的工作放在陕北甘泉县完成。这也是一种命运的暗示。在那里，他曾写出自己初期的重要作品《人生》，那是他的一块风水宝地。而更多的是出于一种人生的纪念，此刻他要回到那个亲切的小县城。一日产生这种想法，机关院子里就一天也待不下去了。

似乎有一种神秘的力量在召唤他远行。于是，一天之内就赶到了甘泉。

精神的高度紧张使他的腿不断抽筋，晚上的几小时睡眠常常会被惊醒几次。

通过六年不间断的奔跑，现在已真切地看到终点的那条横线。

撞线的时刻终于来临。在路遥的一生中，需要记住的许多日子都没能记住，其中也包括自己的生日。但是，“1988 年 5 月 25 日这个日子我却一直没能忘记”——正是在这一天，最后完成了《平凡的世界》的全部创作。

尽管路遥想平静地结束这一天、这一切，但是不可能也不由自主。这真是一个快乐的日子。五月的阳光已经有了热力，大地早已解冻，天高远而碧蓝，空气中弥漫着青草和鲜花的气味。这是一次漫长的人生孤旅。因此，曾丧失和牺牲了多少应该拥有的生活，最宝贵的青春已经一去不返。生活就是如此，有得必有失。为某种选定的目标献身，就应该是永远不悔的牺牲。无论如何，能走到这一天就是幸福。

再一次想起了父亲，想起了父亲和庄稼人的劳动，从早到晚，从春到冬，从生到死，每一次将种子撒入土地，一直到把每一颗粮食收回，都是一丝不苟、无怨无悔、兢兢业业、全力以赴，直至完成——用充实的劳动完成自己的生命过程。

路遥在稿纸上的劳动和父亲在土地上的劳动本质上是一致的。由此，劳动就是平凡的劳动，而不应该有什么了不起的感觉；由此，写《平凡的世界》，也就是这平凡的世界中的一员，而不是高人一等；由此，1988 年 5 月 25 日就是一个平平常常的日子，而不是一个特殊的日子；由此，像往常的任何一天一样，开始今天的工作吧！

想起几年前那个艰难的开头，想不到今天竟然就要结束。

毫无疑问，这是一生中的一个重大时刻。心脏在剧烈地跳动，有一种随时晕过去的感觉。圆珠笔捏在手中像一根铁棍一般沉重，而身体却像要飘浮起来。

时间飞速地滑过，纸上的字却越写越慢，越写越吃力。

过分的激动终于使写字的右手整个痉挛，五个手指头像鸡爪子一样张开而握不拢，笔掉在了稿纸上。满头大汗，浑身大汗。

这是从未体验过的危机，由快乐而产生的危机。智力还没有全部丧失。路遥把暖水瓶的水倒进脸盆，随即从床上拉了两条枕巾放进去，然后用手抓住热毛巾，在烫水里整整泡了一刻钟，这该死的手才渐渐恢复了常态。

立刻抓住笔，飞快地往下写。

终于为全书画上最后一个句号。几乎不是思想在支配，而是不知出于一种什么原因，路遥从桌前站起来所做的第一件事，就是把手中的那支圆珠笔从窗户扔了出去。

路遥来到卫生间，用热水洗了洗脸。几年来，他第一次认真地在镜子里看自己。他看见了一张陌生的脸。两鬓竟然有了那么多白发，整个脸苍老得像个老人，皱纹横七竖八，而且憔悴不堪。他看见自己泪流满面。

索性用脚把卫生间的门住，放声哭起来，他向另一个自己表达无限的伤心、委屈和儿童一样的软弱。而他马上停止了哭泣，走出卫生间。

路遥坐下来点燃一支烟，沉默了片刻 。在这一刻，他什么都没有想，只记起杰出的德国作家托马斯·曼的几句话：“……终于完成了。它可能不好，但是完成；只要能完成，它也就是好的。”

第八集

永远也不丧失一个普通劳动者的感觉，像牛一样地劳动，像土地一样地奉献。

1991 年 3 月 9 日，在四年一度的茅盾文学奖评奖中，《平凡的世界》在 1985 年到 1988 年发表的七百多部长篇小说中脱颖而出，被评论界公认为是一部具有内在魄力、恢宏大气的“史诗性品格”的现实主义力作，是中国当代文学的重要收获。

路遥代表获奖作者发言。他说：

获奖并不意味着一部作品完全成功，因为作家的劳动成果不仅要接受当代眼光的评估，还要经受历史眼光的审视。

我们的责任不是为自己或少数人写作，而是应该全心全意全力满足广大人民大众的精神需要。只有不丧失普通劳动者的感觉，我们才有可能把握社会历史进程的主流，才有可能创造出真正有价值的艺术品。因此，全身心地投入到生活之中，在无数胼手胝足创造伟大历史、伟大现实、伟大未来的劳动人民身上领悟人生大境界、艺术的大境界应该是我们毕生的追求。因此，对我们来说，今天的这个地方就不应该是终点，而应该是一个新的起点。

1990 年到 1992 年，路遥处在创作的休整期。一方面，要恢复一下严重透支的体力，另一个方面，也好对下一步的创作进行一番思考。为了回答人们关于《平凡的世界》的诸多问题，路遥决定就《平凡的世界》的创作问题写一篇随笔，这就是后来发表的《早晨从中午开始》。

我们不妨把这部作品看作路遥留给我们的最后一笔精神遗产。

在这部作品中，路遥不但以传神之笔记录了创作《平凡的世界》的全过程，尤为可贵的是，他进行了大量的心理剖白，表述了他对社会、人生、艺术的深层思考，这些文字给我们提供了完整的了解路遥的线索。而这部作品，毫不夸张地说，已经成为新时期最优秀的文学作品之一。

路遥与死神激烈地抗争着，直到1992年11月17日凌晨5时，路遥出现严重吐血。医生全力抢救，仍未能阻挡无情的死神。

1992年11月17日8时20分，路遥离开了我们，离开了他一直热爱和崇拜的大地与天空，离开了他一贯厌恶和恐惧的贫穷与饥饿。

离开了一直使他的心不能安静下来的那个广大而苦难的农村。

离开了他曾经爱过并且也给他心灵留下深深伤痛的现实生活。

离开了他不想离开的亲人。

离开了他还想写的很多构思和未完成的宏伟目标。

离开了蓝天，蓝天上的星星；离开了大地，大地上流淌的河水。

1992年11月21日，在西安三兆公墓，陕西各界人士与路遥做最后的诀别。这一天，天气格外阴冷。白色小花在所有人的胸前晃动。当泪水流淌、哭声响起的时候，路遥啊，你可听见人们对你的呼唤？

在众多亲朋好友的努力下，路遥的遗愿实现了，路遥逝世三周年的时候，他魂归故土，熟睡在母校延安大学的文汇山上。现在，路遥离开我们近二十年了，但是人们记着英雄，尽管一些人忽视他的价值，还没有意识到他的伟大，但他依然在中国文坛具有历史性的重大意义和不可替代的位置。他的名言“像牛一样劳动，像土地一样奉献”广为流传。

今天，在春风细雨的沐浴中，我们又一次聚集在这里，为的是从这位英雄的身上汲取精神的力量，以增加自己骨骼的硬度与灵魂的光芒，以告慰这位长眠者。

让我们再次聆听他的声音。

第四辑 灵魂的雕塑

DISIJI
LINGHUNDE
DIAOSU

灵魂的雕塑

——献给路遥

1949 年 12 月 3 日
路遥出生在陕西省清涧县
一户少吃没喝的农民家庭
路遥八岁那年　实在活不下去了
父母把他过继给没有儿女的大伯家
从此上学读书
才有了出人头地的机会

2008 年，作者在路遥出生地清涧县王家堡村

我不是路遥的同事
也不是路遥的朋友
我只是路遥的小兄弟和陕北老乡
看过路遥的小说　听过路遥的讲座
与他有过几次交谈　虽然不算熟悉
已经感受到他非凡的气质

路遥去世九年之后
我有幸撰写了八集纪录片《路遥》文学剧本
对他有了更深入的了解
我们现在说的路遥已经不是路遥
他已经成了一个文化符号
他代表着农村青年蓬勃向上的希望
路遥是这些青年实现理想的精神领袖
这也是路遥精神存在的价值

2011 年一月数九寒天
在白雪茫茫的陕北
我为路遥纪念馆撰写解说词
独自走在清涧的大街上
就想起了路遥大哥
仿佛你的音容笑貌就在眼前
你弯腰驼背的样子

你疲惫不堪的憔悴让人痛心

有人说
你就是小说《人生》里的高加林
也有人说
你就是《平凡的世界》中的孙少平
我知道
那是你也不是你
那是千千万万个农民子弟的缩影
你就是他们的代言人
一个独一无二的路遥

想起你在《山花》上发表的诗歌作品
想起你在县剧团创作的剧本
想起你与诗人曹谷溪先生
在黄河岸边的合影
那时候你风华正茂、意气风发
就像黄河汹涌的波涛
壶口瀑布给了你某种伟大的启示
让你像火山一样喷发出烈焰

想起 20 世纪
1982 年你穿着风衣戴着墨镜
从绥德桥头子上呼呼地走过

那时候你还不认识我
可是我已经知道你
你刚刚因为小说《人生》的发表而
名满天下

想起我在榆林听你的讲座
你说“短篇小说的写作
一开始就要想到结束
而史诗般的长篇写作
第一部才是刚刚开始”
之后我让你看了我写的几首小诗
你的鼓励成了我最好的营养

想起 1989 年夏季
我一个人去了壶口瀑布
整个壶口瀑布就我一个人
黄河大峡谷的空旷让我意识到人的渺小
我甚至有些慌张有些恐惧
我希望有人来拯救我
果然有几个人朝我这里走来
越走越近了　原来是你啊
路遥

你我在壶口瀑布相遇

你在黄河滩的石头上坐着
像一尊雕塑　你不停地抽烟
我不知道你在沉思什么
什么让你如此孤单
仿佛山顶上站立的一头巨狮
在壶口瀑布的河床上喘息
与发出的轰鸣声交织在一起

在回程的路上
你在车上唱起了陕北民歌
“青天蓝天老蓝天
杀人的老天不眨眼”
古老的民歌让你这么忧伤
我不敢看你　怕风雨吹散你的灵魂
你的眼睛里满含着泪水
那是因为你深爱着这片土地

你去世几年后
你的弟弟王天乐告诉我
在壶口瀑布我们相遇的真相
你们在车上老远就看见河滩里
有一个人在徘徊
你说“这个人不是普希金就是莱蒙托夫”
这句话我一直铭刻在心

三十一年过去了
我坚持朝着这个方向行走
不管夜有多黑　路有多难　从来没有停止

想起你和我谈到下一部小说的创作
你说“这部小说既不是马尔克斯的《百年孤独》
也不是陀思妥耶夫斯基的《白痴》
那是一种全新的创造”
你还说“他们写中篇我写长篇
他们写长篇我写短篇
我就是要跟他们不一样”

想起你在榆林宾馆写作时
我们说话到深夜　你说你饿了
让我给你找点吃的
有馍和大葱就行
我单位的大门早就锁上了
我翻墙给你拿来凉馍和大葱
你执意不让我给你热一热
就这样一口凉馍一口大葱地吃起来

有人批评你
说现实主义的写作过时了
这是因为他们不懂

用什么方式表现内容只是一种工具
什么样的写作方法
都可以产生伟大的作品
现实主义的写作并不妨碍杰作的诞生

你从来都是现代的
在准备创作《平凡的世界》之前
你阅读了近一百部古今中外的名著
你是深刻的也是时尚的
在作家协会大院里
你是第一个给女儿买钢琴的家长
因为你知道艺术创作的互补与通感
所以你的写作总是站在思想内容的前沿

你一直认为
创新就是最先进的写作方式
你的人格魅力
总能吸引更多人的关注
并且能让人们团结在你的周围
那是因为你敏锐的洞察力在起作用
你的作品经久不衰
因为你始终站在人民大众的一边
站在人民大众一边
就永远是现代的先进的前卫的

你的关于小说创作的理论著作
《早晨从中午开始》
影响了几代人的小说写作
而我把它当作中篇小说阅读
看到了你生命中的风景与辉煌
你也看清了文学的本质
在生活中闪闪发亮的艺术人生
是用作家的眼泪与血汗铸就的
甚至献出了宝贵的生命

想起你在病床上
反复聆听贝多芬《第五交响曲》
和你喜爱的陕北民歌与晋剧唱段
那是因为你的生命需要音乐的滋养
想让自己再一次站起来
我曾评论
“路遥的小说结构有交响乐的宏大
以及诗歌的内涵和陕北民歌的灵魂”

路遥啊
我一直在等待你的那部新创作的小说
等待它获得诺贝尔文学奖
可是天妒英才

上天请来一百二十个神仙
把你接上了天堂

1994 年
我出版了第一部诗集《情王》
我多么想让你看到它
于是这本诗集
寄往你生前所在的单位
如果你九泉之下有灵
就会看到它

路遥啊
我和你是一样努力的人
想起你就不惧怕邪恶
不弯腰不低头不屈服
你的作品寄托了受苦人
想改变命运的全部希望
哪怕改变命运需要一生的奋斗
付出生命的代价也在所不惜
这就是你啊

你也许不会想到
我会为你撰写这首长诗
这是我向你致敬的最好方式

你的奋斗经历吸引着我
你生命里那些说不清道不明的英雄气概
那种不叫屈不喊冤脚踏实地的精神
让我在为你写作的过程中泪流满面

很多人不知道你是一个幽默的人
爱开玩笑的人　一个有意思的人
一个妙语连珠的人　爱给别人起绰号的人
一个有真知灼见的人　爱讲段子的人
一个对美和丑都十分敏感的人
有一年我去西安
一回榆林　朋友们就对我说
“路遥给你编了一个段子”
我说什么段子
你说“有一次飞鹏去西安
想买一件夏天穿的衬衫
一心想着要和榆林的人穿得不一样
转了几条街道
去了多家商店
结果看上一件鲜艳的红衬衣
他心里想着这下好了
一回去就能把榆林城给震翻了
在他一下汽车坐着三轮车回家的路上
看到满大街蹬三轮车的人

都穿的是红衬衣”

路遥啊
你成名之后
好多人把你神化了
以为你只知道创作不知道生活
可你是一个骨灰级的足球迷
欧洲杯世界杯奥运会的足球比赛
一场也没落下
甚至谁也不知道
你能把世界电影女明星的名字倒背如流

你的巨著《平凡的世界》
获得茅盾文学奖后
你回到生你养你的清涧老家
老乡们都想看看你究竟是个什么样子
于是在县城出现了围堵
你知道他们是你最亲的人
自从周恩来回延安被群众围堵后
你是第二个被群众围堵的人

你又从清涧到了榆林
我看见你穿着一身白色的运动服
这让我想起《路遥》纪录片中

作家刘凤梅先生说
“路遥第二次返乡回来后
见到他穿一身白衣服　我问路遥
你是给谁戴孝哩”
路遥说
“我是给我自己戴孝哩”
这次是路遥在情感和事业上
遭受到的最大的一次打击

饭桌上我注意到路遥只顾抽烟
没怎么吃东西　也没有怎么说话
最后路遥给自己要了一碗面条
第二天我让路遥在我家吃揪面片
用一个平底大瓷盆盛面
盆下边垫了一块大毛巾
路遥吃得满头大汗　路遥很少喝酒
那次路遥喝了两杯　天乐多喝了几杯

路遥要去沙窝子转转
路遥天乐和我还有榆林的司机
那天天气很好　车子走了有一个小时
我们躺在沙窝子里
阳光照在身上暖烘烘的
路遥说“真好　真安静

在大城市里感觉不到自己的存在
只能淹没在人群之中
在这里整个世界都是你的”

路遥啊
你是农民的儿子
你是吃过大苦的人
你是经历过生死的人
才是懂得幸福和快乐的人
才能锤炼成民众喜爱的作家
你的作品是农民工床头的朋友
是大学生双肩包里的知己
是创业者掌中的珍宝

路遥啊路遥
你是人民的路遥陕北的路遥
你是中国的路遥世界的路遥
只要打开《人生》
打开《平凡的世界》
只要阅读你的作品
你就复活了
活在读者的心里

发表于《延河》2021年1期

榜样的力量
——路遥纪念馆讲解词

尊敬的各位领导、各位来宾，大家好！

欢迎来到路遥纪念馆指导工作，很高兴带领大家一起参观。

当代著名作家路遥，1949 年 12 月 3 日出生于清涧县石嘴驿镇王家堡村。大家请看对面那个小院就是路遥的家，路遥纪念馆之所以修在这里，就是为了和他的故居遥相呼应。为了缅怀家乡的骄傲，弘扬路遥精神，同时也为了助推文化产业战略，实施文化兴县的重要举措，清涧县委、县政府从 2009 年 5 月开始筹划并投资 1200 多万兴建路遥纪念馆。

纪念馆总占地面积 5332 平方米，主建筑面积 1006 平方米。此馆在修建过程中得到省、市、县各级领导和社会各界人士的鼎力支持，在此我们表示衷心的感谢。

现在我们来看看纪念馆的建筑。上面三角房顶、廊道、罗马石柱等具有欧式建筑的特点，窗户、两边花格房棱具有我们陕北窑洞的风格。这座中西合璧的建筑给人耳目一新的感觉。

抬头看“路遥纪念馆”这五个烫金大字，是由著名作家冯骥才题写的。纪念馆的墙面是用立体的文字装饰，这样做是为了突出路遥是中国的文学巨匠、文坛巨星。各位领导，现在我们看到的这个富有标志性的雕塑《老黄牛》，它拉着厚厚的文学巨著，昂首向上、奋力耕耘，我们设计这一场景寓意路遥的一生“像牛一样劳动，像土地一样奉献”。这种精神将永远激励我们奋发向上。愿路遥精神在中华大地上世代相传、永放光芒!

现在我们看看镶嵌在地板中的这些黄铜数字。大家有没有发现，这些年份都是倒着记载的，是从路遥的出生年 1949 年到 1992 年的整个人生历程，每十年一个纪念，这样做是为了让我们每走一步都能深深地缅怀我们的文学巨匠——路遥。每走一步，都将鼓励我们勇往直前、创造辉煌，同时让我们深深领悟到，如果时光可以倒流，我们又该怎样诠释自己的人生，体现自己的价值!

好，各位领导请到纪念馆里面参观。现在我们走过的这块黄土地，它寓意着路遥是黄土地的儿子，他的光辉成就都与这块黄土地息息相关、血肉相连。

大家来看《路遥》雕塑。他低头沉思，在思考着人生，思考着《平凡的世界》不平凡的人生。再看看那支巨大的钢笔，他一生呕心沥血，给我们留下了不朽的光辉著作。

馆内展览长一百三十三米，共分六个部分向大家展示。

首先我们参观第一部分。

第一部分　困难的日子

1949 年 12 月 3 日，在这片黄土地上，一个新的生命诞生了，给贫穷而普通的家庭带来了欢乐与喜悦，他就是路遥 。父亲给他起名“卫儿”，这位就是他的父亲——王玉宽，于 2007 年与世长辞，享年八十岁。这位是他的母亲——马芝兰，2011 年 3 月 26 日病故，享年八十岁。路遥兄妹八个，五男三女，他是家里的长子，大名叫王卫国，是上小学时老师给起的名字。大家看这张照片，是路遥的父亲和他的弟妹。有人会问，路遥呢？这时他已经过继给远在延川的伯父家，为何？有两个原因：一是大伯家没有儿女，老无所依。二是路遥出生在一个贫困的农民家庭，家境贫寒，父亲常常为一家人能填饱肚子而东借西讨，一家十几口人只有一床被子，路遥已经到了上学的年龄，但是父亲没有能力供他上学，所以在 1957 年，父亲把七岁的路遥过继给延川郭家沟的大伯家顶门。路遥这样说，当时父亲告诉他，带他去赶集，他只记得走了很远很远的路，到了伯父家天已经黑了。第二天天不亮，父亲就起床离开了伯父家。他悄悄地跟在身后，站在一棵大树下看着父亲消失在晨雾中的背影。他就像刚出生的婴儿被抛弃在雪地里一样冰冷与无助。好在大伯家虽然贫困，但是还能勉强供路遥上学，这给他心灵极大的安慰。1958 年，八岁的路遥被养父母送进本村的四年制小学，开始了他的求学生涯。1961 年，他以优异的成绩考入延川县城关小学读五年级。他在上小学时没有穿过一件新衣服，裤子破得简直不敢见人，他不敢和别的孩子玩，但是总有些调皮捣蛋的孩子硬把他拉到人群中出丑，再加上饥饿难耐，路遥就在这种环境中度过了童年。正如海明威说的："对一个作家来说，最好的早期教育就是他不愉快的童年。"

1963 年，他小学毕业想考中学，但是伯父不同意 ，因为再供不起他上学。他不甘心，经过一番斗争， 伯父终于抱着让他试一试的心态同意他考试，想着他考不上就会安心务农，没想到他考上了延川县中学初中 1966 级乙班。当得知这一消息后，路遥再也按捺不住心中的激动，用力扔掉手中的镢头和绳子。那一年他十四岁，离开了郭家沟，到县城去读书，开始了他对饥饿进一步的深刻体验。他的中篇小说《在苦难的日子里》几乎是他真实经历的再现。

1966 年，路遥从延川县中学初中毕业，"文化大革命"开始了，他参加了"红卫兵"并且到北京串联。

1968 年，十九岁的路遥作为群众组织的代表，当选为延川县革委会副主任。但遗憾的是，一个多月以后他被停职，就在此时，和他相恋已久的女友离他而去，事业上的打击，失恋的痛苦，给他的心灵造成了极大的伤害。他穿着一身白色衣服，他想忘掉一切，重新开始，以返乡知识青年的身份回到延川县的郭家沟，成了一个普通的农民。这种特殊的经历，对年轻的路遥来说也许是财富，这不但没有挫伤他的锐气，反而使他迅速地成长。如果说生活中的苦难是毒药，他竟然当作营养完全吸收了。"文化大革命"也歪打正着，让路遥早早地认清了社会发展的不可逆转性。他一腔热血的政治抱负悄然转向文学奋斗。

从这里开始是我们的第二部分。

第二部分　山花时代

首先我们说说什么是“山花”。《山花》是当时延川县文化馆的一份油印小报，路遥的处女作就是在这份小报上发表的，所以这部分就为“山花时代”。这个时期的创作为路遥日后的文学创作道路奠定了基本的方向。

1968 年路遥回到郭家沟后，成为一个普通的农民。1969 年春，他在马家庄小学任“民办教师”，那时他有幸认识了诗人曹谷溪。大家请看这张照片，这是路遥与诗人曹谷溪去黄河边采风时所拍摄的，据说他们当时骑着一个没有刹车的老式自行车，一路上潇洒、开心。半路上用曹谷溪仅有的两毛钱买了一堆山杏，在黄河边吃着山杏，喝着黄河水。看看他们脸上灿烂的笑容，我们就能知道他们心里充满了对美好生活的向往与追求 。曹谷溪对路遥走上文学道路有很大的帮助。1970 年，路遥第一次以笔名“路遥”发表诗作《车过南京桥》。谁也没有想到，路遥这个名字在三十多年后，会成为中国文学史上一个响亮而流传久远的符号。

1971 年 9 月，曹谷溪组织，路遥、白军民、陶正、闻频等人共同编写了《工农兵定弦我唱歌》油印诗集，后来更名为《延安山花》，由陕西人民出版社正式出版，一时轰动全国，国内外销售 28.8 万册，从此进入“山花时代”。好，各位领导，这些雕塑表现路遥在采访黄土地上的农民。因为他知道，要写好农村素材的作品就必须贴近农民，走进他们的生活。路遥就这样一边参加劳动，一边搞文学创作，在一年多的时间里写了五十多篇作品。这时路遥的创作已经有了一定的影响，在这个县城已经小有名气。但路遥清楚地知道，苦难的童年，“文化大革命”的风风雨雨，让他进一步明确了自己的人生道路——要以文学创作为终身目标。

从这里开始是我们的第三部分内容。

第三部分　大学生活

人常说贵人总扶有为者。在 1973 年，二十四岁的路遥有幸被延安县委书记申易推荐到延安大学中文系学习，从此，走出了他人生中非常关键的一步。那时上大学不用考试，全部靠推荐，路遥的才能、学识大家是有目共睹的。当时路遥被推荐到北京师范大学、陕西师范大学，但都因路遥小小年纪，政治档案就有两尺高，所以不敢接收，最后县委书记申易亲自出马，找他的堂弟——时任延安大学中文系主任的申沛昌，在他们的努力下，路遥上了延安大学。有人会问，申易为什么要如此卖力地帮助路遥呢？他是一位善于发现人才、珍惜人才、为人民办好事的好干部。

路遥在大学期间阅读了大量的中外名著，托尔斯泰、高尔基、雨果、巴尔扎克、普希金等著名人物他都仔细研究过。中国的《红楼梦》、鲁迅的著作、柳青的《创业史》等，都对路遥有重要的影响，他称马克思是自己的思想导师，柳青是自己的文学导师。他在校期间并不是一个优秀的学生，因为他有自己的志向，认为没有必要的课就不上，好在班主任就是系主任申沛昌，他理解路遥，支持路遥，对路遥有很大的帮助 。

1976 年路遥大学毕业，《陕西文艺》编辑部派专人请路遥去当编辑，这也是路遥满意的工作，同时也会有一个大好的创作环境。

大家看这张照片，是他与妻子林达在北京天安门前的合影。林达当时在延川县委通讯组工作，是曹谷溪手下的笔杆子，是一个才女，但是为了路遥，放弃了上大学的机会，默默地支持路遥。也正是林达成就了路遥。1978 年，他们在延川结婚，新房就在林达的宿舍。这是林达写给路遥的一封信，从信中我们可以看出他们当时的生活非常困难。这是路遥和他的女儿。1979 年 11 月，路遥的女儿路远出生。路远的名字是由路遥和林达的笔名而成的。路遥曾在文中这样写道："亲爱的孩子，我深深地爱着你，你也许不知道，我在深夜里，常常会久久立在你的床前，借着窗外的月光，看着你可爱的笑脸，并无数次轻轻地吻过你的脚丫子。"路遥常常因搞创作不能给女儿做具体的事而感到内疚，但他对女儿的爱是无言的。在 20 世纪 80 年代，路遥借钱为女儿买了一架钢琴，这在当时是很超前的，所以我们不难看出他对女儿的深爱。

从这里开始就是我们的第四部分。

第四部分　辉煌人生

路遥的一生是短暂而辉煌的。对路遥而言，真正的收获早就开始了，应该从播种算起，从苦难的童年算起，从饥饿算起，从恋爱到失恋算起，从无数个沉思的夜晚算起，从早晨从中午算起，这是一份耗尽了整个生命的清单。

1980 年到 1990 年是路遥创作的最佳时期。在这期间，他的短篇小说《匆匆过客》《青松与小红花》《卖猪》《夏》《姐姐》《风雪腊梅》相继在全国公开发表。但此时的路遥并不高兴，因为他的

第一部中篇小说《惊心动魄的一幕》向各个报刊投稿，但始终没有回应，这时他有点绝望了，但在绝望中他还是不甘心，鼓起勇气把稿子寄给了全国最大的杂志《当代》。他想，这次不行他就烧掉初稿，彻底忘掉。真是绝处逢生呀，戏剧性的一幕出现了，时任人民文学出版社副总编兼《当代》杂志主编、著名评论家秦兆阳给了这部作品很高的评价，在他的竭力推荐下，《惊心动魄的一幕》不但得以发表，而且一下子就获了三个奖：1979 年至 1981 年度《当代》文学荣誉奖、《文艺报》中篇小说奖和第一届全国中篇小说奖。此时路遥是第一个获全国中篇小说奖的作家，同时进入全国知名作家行列。这给了他百倍的信心，1981 年夏，他开始创作中篇小说《人生》。

好多人认识、了解路遥是从他的《人生》开始的，但我们也许并不知道，这篇十三万字的中篇小说是他仅用了二十一个日夜，在陕北甘泉招待所完成的。

1982 年，他的中篇小说《人生》在《收获》上发表，引起全国轰动，1983 年荣获全国第二届优秀中篇小说奖，从此路遥登上了中国当代文坛。

1978 年到 1983 年的五年间，路遥的生活和事业发生了翻天覆地的变化，这个变化简单地形容一下，就像一个农民在辛勤地劳作之后，终于获得了巨大的丰收。

路遥的小说及其言论，始终来自他身体和心灵对现实社会的体验，他说："事实上农村经济、文化等方面与城市有着巨大的差别。坦率地说，农村长期以来是城市发展祭坛上的牺牲品。"是的，路遥小说的核心思想就是人的解放，也就是为不做祭坛上的牺牲品而努力奋斗。大家请看这张照片，看到他你想到了什么？在路遥的一生当中有多少个夜晚是在这样的情景下度过的。1984 年，由路遥执笔、吴天明导演的电影《人生》在全国公演，又一次引起轰动，并荣获全国第八届《大众电影》百花奖最佳故事片奖，也是我国首部入围奥斯卡外语片奖的作品。

我们看到路遥辉煌的一面，却不知道他写作时的艰辛。在创作《人生》时，他反复修改初稿三次，前两次都是因为不满意而撕毁。当时他一天工作十几个小时，没日没夜，浑身就像燃烧起大火，口舌生疮，大小便不畅，这时他的身体开始出现问题。他常常因为写作中的问题，一个人在深夜里转来转去。他的一生在不停地思考，《人生》成功以后，他反复思考《人生》之后该怎么办？这对于他是一个很严峻的问题。

路遥就是那种中国硬汉式的并且内心坚强不屈的英雄主义者。他的作品就是把自己的生命与农民的命运放在一个锅里炙烤，这就是路遥与别的作家的区别，他的严肃性比我们想象得更严酷、更神圣。正像路遥自己说的："作家的劳动绝不是为了取悦于当代，而更重要的是给历史一个深厚的交代。如果为微小的收获而沾沾自喜，本身就是一种无价值的表现。最渺小的作家常常关注着成绩和荣耀，最伟大的作家常常沉浸于创作和劳动，劳动本身就是人生的目标。"是呀，路遥始终认为创造是有意义的劳动。

1985 年，路遥担任陕西省作家协会副主席，同时出席了很多会议，和国外著名作家、诗人研究诗词和小说。自《人生》轰动以后，路遥就为自己制定了下一个人生目标：要在四十岁以前完成一篇百万字的长篇巨著。他开始搜集大量的资料。1985 年，秋路遥在铜川陈家山煤矿开始创作《平凡的世界》第一部。大家看这张照片，就是他为寻找素材在陈家山煤矿体验生活，他与矿工一起下矿，一起劳动，一起扛着几百斤重的大石头，和矿工一起吃饭、休息，但是他从来不让别人用他的碗筷和水杯，当时矿友们说他不合群、生分，但谁能知道病魔已一次次地向他发出信号，他怕传染给别人。即使这样，他始终保持着一个农民子弟的劳动本色。

从这里开始就是我们的第五部分。

第五部分　平凡的世界

路遥从 1982 年开始构思长篇巨著《平凡的世界》。这部作品的时间跨度为 1975 年至 1985 年，力求全景式反映中国那十年间城乡生活的巨大历史性变迁，人物近百人，作品三卷、六部、一百万字。当时正是各种艺术思潮遍布中国文坛的时代，如果稍有一点动摇，就会写不下去。用路遥的话说："不得不在一种类似夹缝中艰苦地行走，在千万种要战胜的困难中，首先得战胜自己。"

1986 年，中国文联出版公司正式出版《平凡的世界》第一部。同年夏天，路遥在陕北吴旗县（今吴起县）开始创作《平凡的世界》第二部。

这部著作他整整写了六年，在这期间，他搜集了 1949 年到 1982 年的报纸杂志，装了几麻袋，他的办公室里只有一张办公桌，累了就躺在书堆里，渴了就喝白开水。他一张张地翻阅，把自己能想到的所需要的资料一一做了记录。他的手翻破了，嘴角起了泡，他没有停止。为心中的目标他从不叫苦。路遥的创作不仅仅是拿青春做抵押，而是拿生命做抵押，后来的事实证明他就是为文学事业殉道的人。

1987 年 3 月，路遥随中国作家访问团访问西德。路遥除了写作，还爱抽香烟、喝咖啡、看足球，特别喜欢德国足球队，其次是苏联（俄罗斯）足球。在西德访问期间，路遥有幸在慕尼黑奥林匹克体育中心观看了一场十分精彩的足球比赛。他一直喜爱的球星鲁梅尼格也在场上，并且踢进了第一个球，这是路遥一直引以为豪的话题之一。西德访问结束，一下飞机听到满街的中国话，他的眼泪立刻流了下来。他说：“走了全世界最富的地方，但我却更爱贫穷的中国。德国一切都是这样的好，这样舒适惬意，但我想念中国，想念黄土地，想念我生活的那个贫穷世界里的人们。即使世界上有许多天堂，我愿在中国当一名乞丐，直至葬入它的土地。”我们能看出他对这片土地的热爱。

1988 年 5 月 25 日，这是一个特殊的日子，路遥在甘泉招待所完成了《平凡的世界》第三部。因为《人生》就是在这里完成并获奖的，所以他又去了甘泉。就在写作的最后三四天，路遥的手突然痉挛，像鸡爪子一样弯不回来，笔都握不住，他把两壶热水倒在脸盆里，把手伸进去，手才慢慢松弛下来。当写完最后一个字时，他把笔使劲地从窗户扔了出去，趴到被子上哭了好长时间，感觉自己像是关了六年的禁闭，今天终于被释放了。至此，历时六年、长达百万字的长篇小说《平凡的世界》画上了一个完美的句号。

我们现在看到的这些桌椅，是路遥生前使用过的，他常常会在这把藤椅上久坐，有时抽着烟，有时昏昏欲睡。这个沉默寡言的人，一年四季会有很多时间在这把藤椅上度过。大家看这个日历，有没有发现这有什么特别？1988 年 5 月 25 日，这一天《平凡的世界》全部完成。

路遥被陕西省人民政府授予“劳动模范”光荣称号。1989 年，《平凡的世界》电视剧由中国电视制作中心开始拍摄。1991 年，《平凡的世界》荣获第三届茅盾文学奖。3 月 30 日，在北京举行颁奖仪式，路遥代表获奖者讲话。他在致辞中说：“获奖并不意味着作品的完全成功，对于作家来说，他们的劳动成果不仅要接受当代眼光的评估，还要接受历史眼光的审视。

他写完《平凡的世界》，走到镜子前看了自己好长时间。是呀，在创作《平凡的世界》这部作品期间，他经历了常人想象不到的困顿，一天二十四小时把自己关在房间里，几个月没有走出房间，每天的饭就是馒头加大葱，他把自己完全融入故事情节当中，写到田晓霞要生还是死的时候，他纠结了好久，当决定让主人公死的时候，半夜 3 点多给好友打电话，说：“田晓霞死了，我好难过，她不能死呀！”就这样语无伦次地诉说着自己的伤痛。路遥不仅仅是在创作，他拿自己的身体、自己的生命做代价。随后写了一篇随笔《我已经不是我了》。

1991 年初冬，路遥开始创作六万字的艺术随笔《早晨从中午开始》。这部作品是解读路遥思考、创作、生活的一把金钥匙。1992 年初春，他完成了他的绝笔。1992 年 8 月 6 日，路遥因肝硬化腹水住进了延安市人民医院。一个月后，他的病情加重，转入西安西京医院。路遥患病的消息传开后，全国各地的信件像雪花一样飘来，都有一个共同的心愿：希望路遥早日康复，重新站在他热爱的这片黄土地上。陕西省原省长白清才说：“要培养一个好省长容易，但要培养一个伟大的作家是非常困难的，要不惜一切代价医治路遥。”

然而再多的期盼与祝愿也只是关心路遥人们的心愿，噩耗还是传来，1992 年 11 月 17 日 8 时 20 分，路遥在西安西京医院病逝，年仅四十二岁。路遥病逝的消息传开后，全国各地、社会各界人士用不同的方式对路遥表示深切的怀念。这些都是悼念路遥的挽联，它代表我们每一个人的心声。

此时此刻，我们的心是沉重的，让我们带着深深的敬意再次聆听他的心声。

第六部分　永远的怀念

路遥离开了我们，离开了他崇拜的天空和大地 ，离开了他厌恶的贫穷和饥饿。多少年过去了，路遥走了，我们才发现，这是一个无限的缺憾！他离开我们的那一刻，同时也获得了永恒，因为他用不平凡的人生创造了《平凡的世界》这部巨著。正如贾平凹在怀念路遥的作品中写道：他是一个优秀的作家！他是一个出色的政治家！他是一个气势磅礴的人。

路遥短暂的生命、辉煌的历史，他的奉献精神不仅是清涧人民的骄傲，更是中国人民的光荣。著名导演吴天明说：“路遥不仅是陕北的，也不只是陕西的，他是民族的，也是世界的。”《平凡的世界》责任编辑陈泽顺说他是“陕北的骄傲，时代的光荣”。我们知道，每一部伟大的作品背后，都有一个伟大的灵魂，那就是他的创造者。

一张张珍贵的照片记录着路遥短暂而辉煌的生命历程；一幅幅感人的画面，书写着路遥平凡而壮丽的人生。“斯人去矣，光彩依然”，是的，路遥的作品不仅感动着中国，而且影响着世界。他以生命为代价、以血为墨的人格魅力将永远被世人缅怀。

在路遥精神的感召下涌现出一批像路遥一样优秀的作家。让我们以路遥为榜样，积极进取、勇于奉献。

2008年，作者与路遥的胞弟王天笑（左）在延安大学文汇山《路遥》雕像前合影

留取丹心照汗青

——论刘尚海长诗《脊梁潮涌的热泪潇潇浮起·瞭望路遥心灵世界的天窗之光》

最近，由诗歌网、《陕西诗歌》杂志等十多家文化单位联合召开的“2018 年度诗歌奖颁奖典礼”在西安举行。我有幸为刘尚海先生宣读授奖词并颁奖。这在陕西是一个重要的新闻，众多媒体进行了报道，刘尚海成了 2018 年陕西诗坛被关注的焦点，因为他是巨鹰集团的董事长，一位成功的商人。

2018 年，我在报纸杂志和微信平台上阅读了刘尚海先生的大量诗歌作品，其中百行以上的长诗十几首、短诗两百余首。我想，是什么原因能让刘尚海在管理那么大的企业之余，还能在业余时间里创作出这么多优秀的诗歌作品，他的动力是什么，目的是什么，意义又是什么，为什么能一发不可收拾，连续不断地保持创作的激情。看了他的这些诗歌作品，我也坐不住了，我想把我阅读的感想，我想要说的话，通过这篇文章表达出来，让更多的读者了解他的诗歌作品，走进他丰富多彩的内心世界。

我一直认为，诗歌的内涵应该更宽泛一些，不应该只局限于写诗的人中。有一些人，他虽然不写诗，但是他在现实生活中的行为本身就充满了诗意，诗意的人生就是一种活生生的诗。所以，第一种诗人，是在现实生活中有理想、有情怀、有一颗善良的心，善良本身就是诗，善良用行动书写诗意，这本身就具有了诗意的本质。第二种诗人，是因为一直从事诗歌创作，大家把他们叫作诗人的人。第三种诗人，既写诗，又能在现实中通过实际行动证明自己是诗人的人。这种人才是真正的诗人，刘尚海先生应该属于第三种诗人，他已经把自己的行动和这个时代共同具有的诗义结合到一起。

长诗《脊梁　潮涌的热泪潇潇浮起·瞭望路遥心灵世界的天窗之光》共分三幕：第一幕“觉醒的泪”、第二幕“天窗的光”、第三幕“山脊的风”。三段体结构，结实牢固，全诗两百多行，气势磅礴、意象万千，让人目不暇接。第一幕的关键词：远古、地理、历史、黄土地，然后引出路遥。第二幕的关键词：生命、苦难、拼搏、梦幻、追求理想。第三幕的关键词：奉献、成功、精神、灵魂、离去与归来。全诗感情饱满、一气呵成，是一首优秀的作品，是作者的代表作和成名作。

在这首长诗的开篇，作者这样写道：

高原嶙峋凝眸
岫壑幽谷间劲露一片苍古莽莽
飘凛雪雨的夜　仰首狼啸惊破空山寂寥
希望的原野在觉醒……

他祈祷这片神奇的土地被唤醒。我们知道，大自然是神性的，是永远敞开的。这里，作者是在呼唤人性。

我们知道，路遥创作了百万字的小说《平凡的世界》，并获得茅盾文学奖。近日，路遥又被国家命名为，改革开放四十年“改革先锋”人物。为了文学事业，他献出了年仅四十二岁的宝贵生命。

刘尚海的这首长诗，是被路遥精神感召的作品，是用真诚写出来的，是用心写出来的，是用身体里的血写出来的，是对自我生命的呐喊。所以，路遥的作品以及路遥的奋斗精神，与刘尚海产生了强烈的共鸣：

路遥　像夸父一样站在太阳的身旁
活成人间正能量的一束光永恒斑斓
路遥　天窗里你的灵魂飞走了
燃烧自己　把光芒留给闯天涯的人

我曾经说，我们的大部分歌曲创作都是失败的，没有生活实践的作曲家，总想把一首不好的歌硬让歌唱家唱成一首好歌，那是不可能的。诗坛一样，那些所谓的名家，硬要把一首质量差的诗，让朗诵者朗诵成一首好诗，那也是不可能的，所以装模作样的朗诵家应运而生。不仅如此，时间久了，那些歌唱者唱着唱着就把自己唱坏了，那些朗诵家朗诵着朗诵着就把自己朗诵坏了。诗人必须写自己灵魂深处想写的东西，哪怕没写好，也是自己的孩子，是自己的孩子就不怕别人做亲子鉴定。

这首长诗的意义深远，用心梳理与营造，就是一台很好的朗诵晚会。我们一起朗诵这些诗句：

一个理想热血青年以死一回的方式热泪告别过去
一个跪在沙漠孤烟里热泪感动上苍的灵魂
一个趴在导师柳青墓前热泪吐誓言的灵魂
一个梦里思恋田晓霞让洪水卷走时热泪号啕的灵魂
一个平凡世界谢幕的掌声中泪浸鲜花的灵魂
一个乘风车拜茅盾的窗前望无垠黄土地飞泪的灵魂

我在一次大学生诗集出版发布会上说过这样的话："美丽永远是最先锋的，善良永远是最时尚的，真诚永远是最前卫的。"这是针对诗歌创作讲的，其实就是讲一个诗人的人品，人品不好，诗品也好不到哪里去。人品不好，偶尔写出一首好诗有何用？这是我的世界观，也是我的诗歌观。做一个好人，比做一个诗人更重要。人品不好要诗有何用？

刘尚海先生是一个胸怀宽广的人、心中有天下的人。心中有天下的人心中就有民众，作为一个成功的企业家，他爱他的每一个职工，只有把职工当亲人看待，他的企业才能蓬勃发展。他在这首诗里这样写道：

一峁一峁念的金种子撒在圪梁梁里
涧水　一湾一湾匍匐在石畔涧向黄河流淌
热恋这块土地的青春追梦人
望着茫茫又生机的山峦

潇潇热泪随风徐徐飘飞……

路遥已经成为陕北、陕西乃至全国文学青年学习的榜样，就是因为他站在一个劳动者的立场上发愤图强，塑造出了孙少平、孙少安、高加林这样的人物。而刘尚海先生实际就是路遥作品中塑造出的人物之一。这首长诗是刘尚海写路遥的作品，倒不如说刘尚海是在写自己的心路历程，作者与路遥心心相印，他与路遥一样，是陕北大地上的骄傲。诗中这样写道：

狼　是狼　就有图腾的禀赋
从远古仰韶和龙山粗犷不羁的石器时代
向着文明和茂盛的绿洲奔跑
向着硝烟滚滚狼烟漫漫的烽火台奔跑
挣脱吗？是！向不公贫瘠和愤懑忧患告别
奋蹄吗？是！向浩渺草原的方向冲破黑魆的宁静
原野空旷　寒风瑟瑟　春风飘舞
吹散绝望的尘烟　吹醒冀望的露珠
胸膛蕴藏一泓泪水涵养信仰的力量
深恋的目光里把痛苦跌落在荒野
含着笑含着泪　风雨中醒了黎明
就算窒息也要寻找用泪水能丰腴的土地
路再遥远　泪吹干了　奔跑不息

刘尚海是有情怀的人、有担当的人，他放弃了公务员的身份，放弃了县团委书记的职务，下海搞起了企业，可以说是在非常艰苦的条件下硬闯出了一条血路，靠的是肩上的责任与忧患，为的是在一个穷困县解决更多人的就业问题，这比写诗更难。我知道，今天刘尚海先生激情澎湃，一天就能写出几百行的长诗，靠的是在商场二十多年的打拼，靠的是二十多年的诚信，靠的是二十多年的善良与坚强。可以说，这些诗是血汗凝练的结晶，是用生命打磨出来的精神财富。他在诗中这样写道：

天窗照来光芒　让菩提花开在失望丛中
仇恨　误解　痴恋　错爱
一切向死而生的念头躺在阳光里
所有的负累和担当都是光芒的厚礼

天窗照来光芒　让生灵死去都是性命
点亮一盏盏生命和使命的灯火
让苦难和理想有光芒
达摩克利斯剑之光和青云剑之光永恒闪亮

路遥　像夸父一样站在太阳的身旁
活成人间正能量的一束光永恒斑斓
路遥　天窗里你的灵魂飞走了
燃烧自己　把光芒留给闯

刘尚海先生的诗歌创作给大家的感觉是，他突然就像疯了一样，写出那么多奇思妙想的诗句，谁也理解不了他，怎么会一下子就像脱缰的野马，像洪峰以排山倒海之势席卷诗坛，以迅雷不及掩耳的速度，在一年之内就能写出那么多优秀的作品，都可以出版一本诗集了。对于任何一个人而言，都是不可思议的。但这就是事实，我们很难从外表看出来，一个温文尔雅的人内心如此狂野，如此气势恢宏又细致入微的人能有如此强大的爆发力。有诗为证：

风　是路遥的心路
让遥远的路不再遥远　看清了路在哪里
风　是路遥的磨盘
艰苦岁月的向往一回回磨砺出来
风　是路遥的铁锤
赤裸的臂膀一次次锻打铁的意志
风　是路遥的镰刀
弯腰收获金穗也割断穷根
风　是路遥的錾刀
古铜色的石崖绝壁上一刀刀留下风范
风　是路遥的骨简
一代英豪的骨头淬火熔铸青笺
风　是路遥的劲笔
泪涔涔的墨大写人间生存还是毁灭的

刘尚海的人格魅力已经达到了最佳高度，他有着非常好的亲和力和凝聚力，员工始终团结在他的周围。我想，他的诗为什么能把路遥精神写得如此透彻，就是因为他自身就具有和路遥一样的奉献精神、贫民意识，他的企业文化从来都没有离开过文化精神的照耀，从来都没有离开过活生生的现实生活，为员工谋幸福永远是他的目的，所以在他的诗歌作品里有这样的感慨：

巍山沉寂　流水静默
先生　你的眼泪不说谎言　目光就是诺言
先生　你像风一样飞翔的泪　蓦然间壮烈化成
一汪汪清澈静水深流　大河滔滔
一片片晶莹六瓣雪花　慰藉追思人的心疼
泪蒙眬了双眼　朦胧不了铁血丹心
泪淋伤了胸襟　淋伤不了碧血山魂
泪　泪汇聚条条小溪承载山的重量
泪　泪洒向沙漠让驼峰的脊梁挺在茫茫跋涉中
泪　泪润土地让牛脊架着铧犁播种生活
泪　泪飘向疆场让骏马的脊背上勇士飞侠剑
泪　泪滴向书海波浪谷让中华智慧的脊梁矗立
泪　泪飞向红沙峁堆起磅礴精神的脊梁屹立
热泪　劳动者的汗水天空的雨水大地的露水

这首长诗写于 2018 年 12 月 25 日，我们知道这一天是圣诞节，我们也知道，12 月 3 日是路遥的诞生日，他写下了这首长诗，就写下了永恒的纪念。我知道它是写给路遥的，同时也是写给自己的。他在这首长诗的第三幕开篇写道：

曼妙的清风　轻抚琵琶的弦
磬音浅浅深深远远
群山吐纳韶华　涤荡心房尘埃
北风萧萧　大雨如风　大风如雪
旷世风潮之恋从邈邈崚嶒间骤然吹来
涧溪春暖绽露一缕曙光
路遥　一个时代的风向
你的绰影　随风飘飘……

在刘尚海的长诗里，我还喜欢《丝路明月从长安升起》《青春印象》，短诗里喜欢《小鸟的篱舍》《琴声如流水》等。值得一提的是，作者20世纪80年代的一首短诗引起了我的注意，那时候他是年仅二十二岁的青春少年，能有这样的才华和理想，让人钦佩。80年代初，还在西安上学的刘尚海感受到了改革的浪潮，他对未来充满了希望，他写下了《维纳斯　在中国的申诉》。

如果这首短诗算是一次青春的亮相，是一次自我生命的觉醒，它唤起一个青年人的全部活力，那么三十多年之后的这首长诗，就是一次与青春的成功对接，也是和路遥精神的一次完美结合。

刘尚海的诗和他的为人一样，正直、正义、正气，充满了正能量，是一首首深沉而壮丽的正气歌。刘尚海先生的人生经历与创业实践，使他的肉体和精神世界有了一个完美的嬗变，他的诗歌创作就像一座沉睡了三十多年的火山，这座火山终于在2018年爆发了，是一次辉煌的涅槃。

祝贺刘尚海先生，我们引用这首长诗的最后一节结束本文的论述：

路遥　一个像风一样的名字
漫步在山色空蒙蔚雨澄青的巅峰岭
风在遥远东方故园丛中飘红袖
空谷幽远　云雾山岚
风吹过往日时光　日月轮回
啸声又起　等风来　等你走来……

2018 年 12 月 29 日

后记

感谢路遥

2022 年，路遥逝世三十周年。6 月，我完成了三十年来不断完成的这本书的最后一篇文章《复活的路遥》，并且用这篇文章的标题做了这本书的书名。我觉得这个书名很响亮，符合喜欢路遥作品读者的心愿，因为这些追求改变自己生活境遇的青年，只要翻开路遥的作品，阅读路遥的作品，路遥就复活了。这个感受对我而言，也是灵验的，阅读路遥的作品就如同和一个朋友交谈，他给出你很多方法，让你脱离现实的苦海，在艰难中闯出一条属于自己的道路。

我读了路遥的所有作品，这是一个不断的过程，在长篇小说《平凡的世界》出版之前，阅读了《人生》《在困难的日子里》《姐姐》《一生中最高兴的一天》《惊心动魄的一幕》《风雪腊梅》《痛苦》《生活咏叹调》等。

读《平凡的世界》大体分为三个阶段。第一次读《平凡的世界》，是在《平凡的世界》第一部出版以后，只觉得是一部鸿篇巨制，非常感人，我多次流泪。

第二次是在 2008 年接受撰写八集纪录片《路遥》文学剧本之

后，带着问题阅读，对小说的结构、人物个性、小说的思想内容以及对小说所描写的1976年至1986年的背景等加以细致的关注，读出了生命的价值、个人的奋斗精神与平庸的现实生活等。

第三次是在近年，这次阅读是站在世界文学的高度，与托尔斯泰、肖洛霍夫、陀思妥耶夫斯基以及雨果、巴尔扎克、马尔克斯等人比较，结果毫不逊色。还与国内的莫言、铁凝、阿来、王安忆、陈忠实、贾平凹这些人相比，也是佼佼者或者略胜一筹。这个略胜一筹在哪里呢？我认为，路遥抓住了人性、人心，尤其是农村青年人的心，青年人正在奋斗，或者正在准备奋斗的路上。他写的这个人群，是这个社会正在改变或者即将改变的焦点，也是人类永远奋发图强这个状态中的焦点。

1991年8月，路遥（左）与尚飞鹏（右）在榆林宾馆合影

值得一提的是，路遥的《早晨从中午开始》是一部伟大的小说创作谈，是小说写作者必读的作品，是一本经典的传世之作。关于《复活的路遥》这本书，我不想再多说了。你若看了

就会知道，路遥确实复活了。

这本书原本准备在 2022 年出版，为了纪念路遥，可是由于种种困难以及没有尽早规划而没有实现，这是我的问题。不过也好，路遥的风格就是埋头苦干，做出成绩，用事实说话。

路遥反对浮夸，反对形式主义，他喜欢在创作中默默无闻，在实际能力上超越，路遥让这本书避开三十周年的热闹，然后静悄悄地与读者相遇。路遥就是这样想的，我知道，他一定是这样想的。

最后，我要感谢我的故乡、我的陕北对我的养育之恩。感谢陕北的山川河流、我的父老乡亲以及对这本书的出版提供支持与帮助的所有人。

我还要感谢路遥。在我的人生中，本来没有这本书的出版规划，由于路遥的存在、路遥的伟大，才有了这本书的存在。

感谢路遥，我的榜样。

2023 年 11 月 12 日